淘寶黃金手

第二輯　卷三　情海巨濤

羅曉　著

目錄

第四十一章　最難消受美人恩　5
第四十二章　恐怖分子　23
第四十三章　雙重誘惑　43
第四十四章　官場大震動　61
第四十五章　大喜之日　81
第四十六章　夢想成真　99
第四十七章　不祥預感　119

第四十八章 黯然出走 …… 137
第四十九章 討海生活 …… 157
第五十章 螳螂捕蟬 …… 175
第五十一章 孤掌難鳴 …… 195
第五十二章 捕魚能手 …… 213
第五十三章 滿載而歸 …… 229
第五十四章 慧眼識人 …… 249
第五十五章 皇宮夜總會 …… 269

淘寶
黃金手 第二輯

第四十一章

最難消受美人恩

周宣見到魏曉晴的車還停在那兒，
不禁嘆息了一下，自己還真是害人不淺啊。
小的時候就想著長大了要娶美女，發大財，
但到現在才明白，美女雖好，卻不是胡亂可以接近的，
最難消受美人恩啊。

吃完粥後回到廳裏，老爺子又說道：

「小周，你跟盈盈的婚期眼看馬上就要到了，現在我們這邊也得準備了。」

老李頓時興奮起來，拍了拍大腿道：

「好，老哥，你們這邊準備盈盈的事，就算是女方的娘家，我那邊來準備小周的事，就當我是男方家的人，就這麼定了。」

魏海洪當即道：「爸，您就放心吧，盈盈的事我已經著手準備了，會把她體體面面從魏家嫁出去的，您就不要操這些心了。」

魏海洪一口回絕了老爺子和老李的意思。兩位老人家年紀這麼大了，身體可不像年輕人那般能折騰，要是出個什麼意外，那可就是得不償失了。這些事，有他和二哥準備就好了。

老李那邊也被李雷擋下了：「爸，您就安安心心地看就行了，這事兒不用您管，我來辦。」

而周宣卻像個局外人一般被他們完全排除了，只好笑了笑，說道：「其實，很簡單的一件事，洪哥和李叔根本就不必這麼費心……」

李雷一擺手道：「你不要說了，我正好練習練習！小周一結婚，緊接著就輪到李爲了，我還得來辦這最後一件事兒呢，這件事辦完，我的任務才算是完成了。」

周宣嘿嘿笑了笑，實在沒辦法，這事也只得接受，隨便他們吧，反正對盈盈，他也不想委屈了她，錢的事又不用愁，當然要好好爲盈盈準備一場大婚禮了。

「李老，老爺子，李叔，洪哥，我現在回去了，今天的事請你們幫我保密吧，就當沒發生過。我家裏人知道了會擔心的，像我現在的樣子，其實跟沒發生過車禍沒什麼區別吧。」

周宣看了看時間，就向他們告別，準備回家。

魏曉雨張了張嘴，想說送他的話，但沒有說出口，妹妹魏曉晴卻開了口：「我送你。」

老爺子點點頭道：「也好，不過要小心一點，開慢一點。」

「爺爺，您放心，我知道了。」魏曉晴一邊回答著，一邊往客廳門外走去。

魏曉晴的車，是她小叔魏海洪送的賓士雙人座跑車，銀灰色，很嬌俏，適合女孩子開。

周宣坐在魏曉晴的旁邊，想了想，還是把安全帶繫上。如果魏曉晴還在氣頭中，那開快車可是正常的事。

把車緩緩開上了公路後，魏曉晴出人意料地並沒有開快車，而是不快不慢地開著。

離開魏海洪的別墅社區幾分鐘後，魏曉晴終於開口說了一句話：

「你會對我姐姐負責嗎？」

周宣大是尷尬，訕訕地不知道怎麼回答。

「算了，我問也等於是白問。不過周宣，我想你也明白我姐姐是個什麼樣的人。」魏曉晴一邊開著車，一邊又淡淡地說著，「我姐姐是個比我更死心眼的人，一旦她喜歡上什麼人，那就更不會改變心意，再說，今天你們又……又那樣了，她就更死心塌地了，不過……」

說到這裏，她嘆息了一聲，停了停才又說道：「我姐姐是不會破壞你跟傅盈的婚事的，也不會來糾纏你，我姐姐……真是個可憐人。」

周宣不知道怎麼去回答她。

靜了半晌，魏曉晴又嘆道：「我自己何嘗不是個可憐人呢？」

周宣無言以對，只是默然。

魏曉晴的側影很美，雖然跟魏曉雨長得一模一樣，但周宣在看到她們兩個人的時候，感覺卻是截然不同的。這個世界上，原本就不可能有兩個完全相同的人。

到宏城廣場的時候，魏曉雨把車慢了下來，扭頭問著周宣：「是到這裏，還是家門口？」

周宣遲疑了一下，女孩子的小心眼極多，如果自己在這裏下車，那魏曉晴會說自己肯定是連叫她到家裏坐一下都不肯的小氣鬼，可如果讓她把車開到家門口，盈盈看到了肯定又會多心，可真是頭痛又頭大。

「算了，看你不情不願的樣子，我也不稀罕到你家坐了。」魏曉晴哼了哼，然後咬著唇，把臉扭到一邊，背對著周宣又道：「你下車吧。」

周宣想了想，還是沒說什麼就下了車，把車門關上的時候，卻見到魏曉晴伏在方向盤上肩膀直聳動，不禁心裏悵然，猶豫了一下，終究沒再上車安慰她。安慰也沒有什麼用，因爲她想要的，自己也不可能給得了。

從廣場上往社區裏走，周宣又往後回頭瞧了一下，見到魏曉晴的車還停在那兒，不禁嘆息了一下，自己還真是害人不淺啊。

小的時候就想著長大了要娶美女，發大財，但到現在才明白，美女雖好，卻不是胡亂可以接近的，最難消受美人恩啊。

就像這魏家姐妹吧，算是自己最對不起的人了，漂亮女人自己也遇見不少，但像上官明月和安婕那樣的，可就沒多少意思了。

上官明月還好一些，安婕可真是他這輩子都不想再見到的人，這女人太狠毒，心機也太深，自己一點兒也不喜歡，別說不喜歡，就是見都不想見到。

現在經歷了這麼多事以後，周宣自以爲心機不像以前那麼簡單樸實了，但說到底，他還是不喜歡跟心機深沉的人來往。

悵然一下，正要返身回家，卻忽然見到魏曉晴的車身旁湊近了三四個男子，接著，兩個人一左一右上前，其中一人掏出一條白毛巾捂在魏曉晴嘴上，魏曉晴只掙扎了幾下，便即不動彈了。

周宣一怔，隨即大驚，趕緊朝廣場方向急衝了過去，因爲他所處的地方與魏曉晴的車相隔已經超過了三百米，他的異能無論如何也達不到這麼遠的距離。

而魏曉晴身周的人也沒有注意到這一點，那四個人中的兩個扶著魏曉晴，把她架到了三四米處的黑色豐田車中，然後上車。那一排有五輛車一起開動，一轉彎便緩緩上了公路。

這一切都只發生在十幾秒的時間中。

周宣急怒交加，奮力跑過去，當他跑到魏曉晴的賓士車邊時，那五輛小車已經駛上公路，相隔有四五百米遠了。

周宣當即坐上魏曉晴的車，扭動鑰匙把車子啓動，然後調過頭來急上公路，朝著那五輛車的方向追了過去。

周宣的開車技術雖然不好，但此時勝在無所畏懼，車的性能又好，遠超那幾輛車，追了幾百米後，兩者之間的距離竟然給周宣拉到了兩百米。

又跟了一兩公里路程，周宣把距離拉近了幾十米。這時，兩者之間的距離相隔只有一百五十米左右了。

周宣把異能凝成束還能探測得到，而魏曉晴此刻就在第三輛車上面，人是昏迷不醒的。

如果是換成傅盈或者是魏曉雨，那或許就不會是這種情況了，因爲傅盈和魏曉雨的身手都很強，一般的高手還不一定敵得過。

周宣此刻是可以運用異能把對方的車毀掉的，也可以把魏曉晴安全地救下來，但周宣想了想，還是決定等一會兒，因爲對方現在完全處在他能控制的範圍裏，可以不會讓魏曉晴出事，又因爲對方那五輛車裏的人他一個都不認識，周宣很想弄清楚是什麼人在搞鬼。要動魏曉晴，那可不是一般人敢做的。周宣知道，如果現在自己動手，救下魏曉晴是沒問題，但卻不知道誰是幕後人，他到底要幹什麼。

瞧這樣子，劫持者還並不知道自己已經追蹤到了他們，既然是這樣，那就索性跟蹤到底。

如果在路上他們要對魏曉晴不利或者動手加害，那自己可以馬上動手，容不得他們對魏曉晴使壞。

就這樣不緊不慢地跟著前面的五輛車，周宣把距離一直控制在一百五十米左右，就在他的異能控制範圍中。

五輛車開了半個小時，往城東方向出了市區後，周宣發覺這條路是往機場的方向，不禁吃了一驚：難道這些人要把魏曉晴弄到外地去？這究竟是什麼人幹的？

周宣一時也想不到是什麼人，因爲魏曉晴這段時間根本沒跟他在一起，照理說，她也沒有什麼仇人啊，難道是洪哥的仇人？把魏曉晴擄去，是為了跟魏海洪示威？

周宣擔心的是魏海洪的政敵，若是普通人，自然是不敢跟魏家這樣的家庭對抗的，但是，如果是跟魏家同樣身分的人，那就另當別論了。

自古以來，在豪門大族的爭鬥中，無論是怎樣的手段也不足為奇，而大家族中的女孩子成為家族之爭的犧牲品者，更是多不勝數。

周宣越是有錢，接觸的這一類上層人物越多，就越明白這些事的可能性，不過今天既然給他碰到了這件事，那他肯定是不能讓魏曉晴受到傷害。

周宣雖然不可能答應跟魏曉晴姐妹在一起，不能給她們任何感情的承諾，但如果她們遇到了危險，即使是丟掉自己的性命，周宣也會去救她們，這是想都不用想就會做的事情。

這五輛車中的男子一共有十一個人，跟蹤了這麼久，周宣還沒有發現他們哪一個人打過電話，而魏曉晴也仍然是昏迷著的。

那個人捂她的毛巾中肯定是用了藥物，不過他用異能探測到，魏曉晴除了人是昏迷的，身體呼吸都還正常，周宣也就放下心來，繼續尾隨在後。中間間隔著不少的車輛，所以這些人也沒有發現周宣在後邊跟著。

這是周宣用異能探測得到的，如果對方有所懷疑，或者發現到後面有人跟蹤，那必定有所舉動，而且他們絕想不到周宣在後面，離一百多米遠還能探測並控制他們的一舉一動。

這條路是通往京城國際機場的，過去的車多得很，所以那些人始終沒注意到。

又走了半個小時，那五輛車卻忽然轉了彎，往機場路邊上的一條岔路開出去。周宣吃了一驚，這條岔路是條很窄的單行道，從機場公路下去的車就很少了，如果周宣在這個時候跟下去，無疑會被他們發現。而周宣開的又是魏曉晴的車，在車輛極多的公路上還可以不被注意，但在幾乎沒有車來往的岔路上，那就太明顯了。

周宣馬上就決定，不能再任由其下去了，當即運起異能，把這五輛車引擎的關鍵部位轉化吸收了一點，五輛車馬上熄火，慢慢停了下來。

周宣把車停靠在機場公路的邊上，選了一個樹木較多的位置，那些人在岔路上是看不到的，大樹擋住了視線。周宣隨即拿了車鑰匙下車。

公路下面的小岔路上，那五輛車前後排開，接著，車上的人都下來了，當然，除開昏迷著的魏曉晴。

十一個人都是罵罵咧咧地下車，一邊檢查著車一邊嘀咕著，不知道車是出了什麼問題，但若說車突然壞了的話，壞一輛兩輛那是有可能，但怎麼也不會五輛車一起壞吧？

十一個人各自在車上檢查著，又打開車蓋檢查引擎，但周宣毀壞的是引擎裏面看不到的地方，就像一個人一樣，你的外表雖然看起來好好的，但心臟壞了，一樣會死，只是從表面上卻是看不出來。

嘀咕了一陣，還是想不通，也排除了事先遭人設計的可能，到底是什麼原因呢？

無論怎麼查也查不出來，一個頭領模樣的男子陰沉著臉，掏出手機來撥了一個電話。

周宣藏身在公路邊的一棵大樹後，下面的人也發現不到他，這時候，周宣與他們的距離只有一百米左右。

小岔路是在下面，只要這些人對魏曉晴還沒有直接危險，周宣就可以再忍耐一下，看看那個爲首的人是在給誰打電話。

趁那個人還在打電話之時，周宣用異能探測著其他人的身上，發現這些人身上，有兩人身上有手槍，其他人倒是空手的，但在第四輛車的後車箱中，藏了數十把砍刀。

想了想，周宣把那兩個人身上的手槍中的子彈給轉化吞噬掉，那些砍刀就算了，砍刀對他的威脅不大。

周宣只擔心極快的東西，子彈太快，他沒有安全感。雖然他以前也曾經轉化吞噬過一個殺手射出來的子彈，但那強大的衝擊力幾乎讓他受到重傷，而且也沒有能力再轉化第二次了。如果再出現一次那樣的情況，讓他失去再動手的能力，那就危險了。不能使用異能的周宣，就是一個普通的壯年人都可能把他打倒。

把準備工作做好後，周宣再把異能凝成束，探測著打電話的那個人。

電話通了，那男人說道：「老闆，我們在機場公路往土坪村的岔路五十米處，五輛車都壞了，沒辦法，只能在這兒等，不過人是抓到了。」

「沒搞錯人嗎？……五輛車都壞了？好好檢查一下，看看有沒有人跟蹤。」

手機裏，對方的聲音是個女子聲音，周宣有些耳熟，怔了怔，一時沒有想起來是誰。

那男子又回答道：「人肯定沒搞錯，跟老闆傳過來的畫像一模一樣，很漂亮，絕對是魏曉雨，只是她並不如老闆警告的那樣厲害，我特地安排了四個練家子好手去對付她，不過很輕鬆，沒花什麼功夫就把她迷倒了，她現在正在車上，還有……跟蹤麼？」

說著，那男子回頭向公路的方向瞧了瞧，沒有看到人，當即又回答道：「沒有人跟蹤。」

「那好，你們再等一下，我馬上趕到。」

等對方掛了電話後，那男子握著手機思考了一陣，然後抬起頭來，對其中的兩個手下說道：「你們兩個，到公路上去檢查一下，往京城的方向走幾百米，看看有沒有跟蹤的人。」

周宣一怔，知道壞了，這個男人還是起了疑心。

這時，周宣又凝神想了想剛剛那男子老闆電話的內容，忽然間一驚，刹時間全身都驚出了一身冷汗來。因為，周宣忽然發覺，電話中的那個女子竟然是安婕。

這個女人最終還是追過來了。

原來他們要對付的不是魏曉晴，而是自己。而且，魏曉晴並不是安婕的目標，安婕要抓的其實是魏曉雨，只因爲魏曉雨長得跟魏曉晴一模一樣，所以才弄錯了。

周宣心裏升起了熊熊怒火，這個安婕實在太卑鄙了。在鳳山，自己算是放了她一馬，但這個女人竟追到了京城來。

一個人的心太貪也不是件好事，以她這樣的性格，如果得到了九龍鼎，只怕是會做出些驚天動地的大事來，即使有人說她會毀掉整個世界，周宣也不會有一丁點奇怪。

周宣尚在考慮時，那兩個手下已經走到公路上來了，如果再往前走六七十米，周宣的車就會被發現。

周宣當即考慮著要怎麼對付這兩個人，就在一猶豫之間，這兩個人已經走近了，先是看到停在彎道邊沿處的賓士，這兩個人相互瞧了瞧，趕緊加快了腳步往賓士車跑了過去。

周宣從大樹後轉出身來，對著這兩個人輕輕「嘿」了一聲，這兩個男子立即向著周宣一左一右圍了上去。

周宣哪還客氣，冰氣異能即刻運出。

這兩個男子正準備上前把周宣擒下，但離四五米的時候，腳上一麻，抬起的腳步一滯，忽然一跤就摔倒在地，還沒叫出聲來，舌頭嘴唇也麻了，嘴也動不了了，接著，一雙手也麻木了。剎那間，除了腦子心臟身體功能正常外，兩人的手腳和嘴都失去了功能。

現在，這兩個躺在地上的男人就只能用眼睛盯著緩緩走近的周宣，眼中儘是恐懼之色，不知道周宣是幹什麼的。

周宣使用冰氣異能，先是要把這兩個人的行動能力解決掉，然後再凍結他們兩個人的嘴唇舌頭，讓他們沒辦法呼叫，等到冰凍解除後，他們的手腳喉嚨也不會有多大的影響，恢復幾天後就會好了，也不會有殘廢的危險。

這兩個男人瞧著周宣，吃驚得不得了，不知道是怎麼回事，而周宣也只是盯著他倆瞧了一陣，直瞧得他倆毛骨悚然的。當然，這也是因爲他們兩個說不出話來，要是能說話，他們絕對會求饒了。像他們這種人，只會欺負比他們弱小的人，一旦遇上更狠的，立刻就會露出孫子相來。

周宣哼了哼，毫不客氣地每人臉上踩了一腳，雖然不是踢，但也讓這兩個男人痛得肌肉扭曲了起來，只是又叫不出聲，那模樣極是古怪。

周宣不再理會這兩個傢伙，朝前躬著腰跑過去。他要在安婕到來之前，把局勢控制在自己手中，不能讓魏曉晴處於危險環境中。

那個安婕太可怕，周宣都想不到她會做出什麼來。

因爲兩個手下派上來的時間並沒有太長，所以下面岔路上的那個領頭男子也沒有起疑，只是皺著眉頭看著其他人檢查著五輛車。不過，無論怎麼檢查，都檢查不出問題來。

周宣要走進五十米的範圍以內，才能把所有人控制住。路口與他們的距離差不多是一百米，冰氣凝成束也只能控制住某一個點，要把全部人一個不漏地控制住，得讓他們都處在他控制的範圍中才行。

這些人基本上對周宣都構不成什麼威脅，兩支槍早已經解決掉，要是拿刀砍，那完全就對周宣沒有作用。

不過，周宣不想讓這些人漏掉一個。因爲安婕如果得到消息後，天知道她會幹出什麼來，如果她和她的手下們都有槍的話，那在五十米的範圍以外就能對周宣構成致命的危險。

周宣得把這些人都解決掉，讓安婕到來的時候不會起疑，只要她和她的人全部進入到自己五十米的範圍之中時，自己就有把握把他們的全部武器解決掉。

周宣想了想，然後裝作過路人一樣，甩開雙手緩緩往支路上走過去。因爲他只有一個人，又是空著手的，所以，雖然可疑，但那些男子也沒有太在意。

當然，那個領頭的男子還是用眼神示意了一下，三四個手下分散開來，等到周宣走進他們的包圍中時，這才放下心來。

周宣要的就是這個效果，只要他們不趁機逃走，等到自己走進他們中間的位置後，讓這些人全部都處在自己五十米的範圍中時，那就萬事大吉了。

下岔路時，五輛車有兩輛跑在前面，距離還超過了五十米，所以周宣一定得等到這些人都處在他控制的範圍中時才能動手，否則一驚動到這些人，四下裏一逃散，那他就沒有辦法了。

周宣施施然走到那領頭的男子身邊，那個男子盯著他，後面五六個男子也都圍了過來，把他圍在了中間。

周宣笑笑道：「不用看了，我就是跟蹤你們過來的。」

那領頭的男子一怔，隨即又抬頭往公路的方向望了望。當然，他自然是看不到他那兩個手下。

「不用望了，那兩個人在公路邊上躺著呢。」周宣毫不在意地淡淡說著。

周宣的話讓那領頭的男子愣了一下，看周宣如此輕鬆的樣子，他馬上就知道這個人不容易對付了，明知道他們還有九個人，他還敢一個人單身過來，那就是胸有成竹了，沒有金剛鑽，哪敢攬瓷器活兒？

那領頭的男子當即吹了個口哨，剩下的幾個還在檢查車子的男人也都放下了手中的活，一起朝這邊圍過來。

周宣頓時呵呵一笑，本來這些人就已經處在了他的控制範圍中，這時更是自投羅網，這樣，九個人就都處在了周宣身邊五米以內的範圍，在這個距離中，他們就是想逃也逃不掉了。

周宣這時定下了心，對那領頭的男子笑笑道：

「安婕快到了吧？」

那男子一怔，隨即臉色一變，驚疑不定的喝道：

「你……你到底是什麼人？」

周宣的話，把這男子著實嚇了一大跳。安婕沒來過京城，而他也是昨天從鳳山趕過來的，花錢在京城請了一幫人手做事。照理說，他們在京城這邊是極隱秘的，應該沒人會知道，這個人到底是什麼人？

這個手下之前並沒在安婕的別墅裏，所以他並不認識周宣，而偏偏安婕也做漏了一件事，她只把魏曉雨的相片傳真過來，卻沒有傳周宣的相片。

弄清了幕後老闆是誰後，周宣已經沒有心思再跟這些人玩耍了，他要趕緊把他們解決掉，拖進車裏，至少安婕到的時候，不會在遠處發現有問題。只要她一進入他控制的五十米範圍中，那就ＯＫ了。

周宣唯一擔心的，就是怕安婕和她的手下帶槍，在遠距離中，自己的能力再強，也不可能應付得了。

而且，周宣還擔心另一件事，那就是安婕既然到了京城，今天能對魏曉晴動手，明天自然就能對傅盈動手，後天也自然能對周瑩、周濤、老媽、老爸等人動手，這是目前周宣最害怕的事。

那領頭的男子呆了一下，隨即一揮手，喝道：

「拿下。」

聲音一落，幾個手下同時湧上前，當然，周宣察覺到先上前的這幾個人身手並不強，只是普通的潑皮無賴罷了，在後邊的四個人倒是有些氣場。

而那四個人，就是在宏城廣場那兒抓了魏曉晴的那幾個人，也是那領頭男子口中所說的四個好手吧。瞧他們的樣子，顯然是不屑與前面這幾個同時上來的人爲伍。

周宣不理會他們，但不能老用隔空使勁，那幾個人上前一把抓著他的時候，周宣才運起冰氣異能，把這四個人同時凍住了手腳和舌頭，四個人不由分說的一起摔倒在地，不僅不能動彈，而且話也說不出來。

這一下立即讓後邊的那四個好手一呆，也讓在旁邊瞧著的領頭男子吃了一驚。

他們瞧得很清楚，周宣手掌拳頭揮動之間，手上並沒有任何的武器，但圍著他的四個人卻同時摔倒在地，連叫都叫不出來，這也太讓他們吃驚了。

難道周宣是個功夫超群的頂級高手？

第四十二章

恐怖分子

周宣眼神陰沉下來，這個安婕一旦瘋狂起來，
真的跟個瘋子一樣，想要讓她退縮放手，看來是講不通了。
安婕的心態已經變得瘋狂，跟一個狂妄自大的恐怖分子一樣，
只想要達到自己的目的。

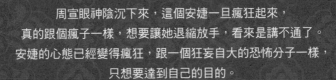

剩下的五個人都是吃驚不已，不知道周宣是用的什麼辦法，如果說是功夫，那就太神奇了。

因為在後面的那四個人都是練過武的好手，以他們的見識和能力，也沒能看出周宣用的是什麼功夫，一眨眼的時間，甚至根本就沒有看到周宣動手，那四個人就一起摔倒在地了。

這種手法，似乎只有傳說中的點穴術才具備，點穴術現在不是沒有，不過卻遠沒有電影或者傳說中那般離譜，而且要隔空點穴，幾乎是不可能的。

周宣面對的那四個人，有兩個人是在周宣背後，也同時摔倒在地，四個人摔倒後，全部都動彈不得，這種樣子就如同中了定身術一樣。

領頭的那個男人比誰都看得清楚，周宣根本就沒有動手，這就很奇怪了，他到底是怎麼做的？

但總歸是人多對人少，不管周宣用了什麼秘密武器，他們總占著人多勢眾的便宜，幾個人相互瞧了瞧，然後分開合圍了過去。不過這一次，每個人都格外注意小心，把眼睛瞪得大大地盯著周宣。

周宣這時已經完全放下心來，這五個人就算再要逃跑，也是逃不過他的手掌心的。何況他們也不逃跑，反而是逼圍過來，想倚仗人多把周宣拿下。

那領頭的男子左右瞧了瞧，見附近沒有人，就把右手伸到衣內，插在腰間的手槍上，要是周宣反抗，而那四個人又拿不下的時候，他有槍也可以把周宣控制住。

周宣不再遲疑，冰氣異能運出，這一次把溫度降得更低了一些，因為這幾個人明顯是要比開始的那幾個人厲害得多，是練過武的，抵抗力也要強得多。

這四個合圍上來的人和那個領頭的男子，幾乎都在同一時間中就被周宣用冰氣控制住。在這一剎那中，他們五個人終於明白到前面四個人是受到了什麼樣的攻擊了，也嘗到了那是什麼滋味。

雖然他們四個人都是練過武的，抵抗力要強得多，但手腳和嘴依然沒有半分的自主力，包括那個領頭的男子，五個人接二連三倒在地上。

周宣趕緊把這些人分別拖進那些車裏，把現場的人都弄進車裏後，再把車門關好，從外面一點看不出來有什麼不妥的地方。

然後，周宣才到第三輛車上把魏曉晴扶起來，運起異能在她身子裏一探，知道是受了麻醉劑一類東西的控制，當即凝神把魏曉晴身體內的麻醉分子逼到一起，而後轉化吞噬，再探查了一下魏曉晴身體中再沒有其他藥物後，這才輕輕叫起她的名字來。

「曉晴，曉晴，醒一醒，醒醒！」

魏曉晴只是被他們的麻醉劑所迷倒，被周宣的異能吸取掉後，已經幽幽醒來。睜開眼後，看到周宣扶著她坐在車中，不禁詫道：

「你……你在幹什麼？」

周宣淡淡道：「你都想不起來了嗎？」

魏曉晴一怔，隨即憶起不久之前的事，立即驚道：

「我被人綁架了，這裏是哪裡？那些人呢？你怎麼來到這裏的？」

魏曉晴一想起之前的事，頓時連連問起周宣來。

「我跟蹤過來，這些人都被我控制了。你別管其他的，先開這輛車上公路，回你自己的車裏面去。」

周宣趕緊囑咐著，自己坐到駕駛座上，把車開上路口處，再與魏曉晴一起下車，往京城的方向走了一百來米。

魏曉晴看到了自己的車，又看到路邊躺著的兩個男子，不禁驚道：

「他們死了麼？」

周宣嘿嘿笑道：「沒有，你剛剛是什麼樣，我就把他們弄成什麼樣了，所以你別生氣，這仇我已替你報了。我把人弄到他們自己的車上，你在車上等著，千萬別下車，等我把事情辦完，咱們就回京城去。」

說完，周宣就扛了一個人到肩上，搬到車上後，又回來搬另一個人，又囑咐著魏曉晴：

「就待在車上，別走開，我就在下面的車裏躲著，等這些人的老闆過來。辦完事咱們就走。」

魏曉晴自然不知道後面要發生的事，只是想不到周宣會跟蹤過來救她。不過話說回來，周宣是有異能在身的，比別的人機敏那也正常。

周宣把兩個人都弄到車裏後，又把車開下岔路，停在原處，然後躲在車裏等候著。不知道安婕會多久才到，想了想，趕緊又到那個領頭男子的車上，把他身上的手機搜出來，同時把異能凝成束，注意著機場的方向。在等待安婕的同時，還要注意著魏曉晴的安全，別再出事了。

周宣現在很冷靜。安婕雖然心狠手辣，但到底比不得他這般有異能的人，而他現在又占了先機，安婕並不知道他跟蹤來了，還救回了魏曉晴。只要安婕和她的人到了他所控制的範圍裏，那就不用擔心了。

這個安婕在他心裏留下的印象太恐怖，現在雖然想著，如果她和她的手下到了五十米以內，周宣有把握控制局面，只是很頭疼，不知道要把這個女人怎麼辦才好。

以她的財力物力，在當地也算是一個很有名氣的人了，要是突然消失，肯定是麻煩事，所以，這個女人又不能隨便解決，但若只是把她送到警局關起來，以她的身分，肯定是關不久的。她雖然狠，但卻沒有犯什麼大案在身，若是把綁架魏曉晴的事扯出來，對安婕來說，也不會有太大的問題。

周宣想了想，這個女人既然最醉心的是權力和金錢，那就把她弄成窮光蛋算了。像她這樣的人，要是身無分文，那就興不起風，作不起浪了。

周宣正想著時，忽然手中的手機響了起來，把他嚇了一跳。

這手機是那領頭男子的手機，看上面來電顯示是「ＢＯＳＳ」的英文字母，心裏一緊，知道是安婕的電話來了。

停了一下，周宣又運起異能把喉結調整了一下，說了幾個字出來，聽起來跟那領頭男子的聲音一樣，這才按下接聽鍵。

手機一通，周宣低沉地說了聲：「安董，還沒到嗎？」

安婕「嗯」了一聲道：「馬上到了。」

周宣趕緊用那男子的聲音，把這兒的地址和出口的路標說了一遍，讓安婕的印象更深一些，只要一直開到路口，她就不會發現魏曉晴的車。不過也不容易，因為安婕是從機場方向過來的，與周宣他們來的路不同。她得在還沒到這兒的路段下高速公路，然後從隧道下面過來，而他們停車的地方與隧道下的路是相連的，前面一百米處就是三岔口。

安婕應該不會發現任何異樣，因為周宣用異能控制的喉結發音與他模仿的人幾乎是一樣的，這其實與模仿不同，而是用異能把喉嚨發音部位改變到與那人一樣，所以跟原音是一樣的，即使是用測音設備也測不出來。

在這之前，爲了救傅盈，周宣已經成功冒充了莊之賢的聲音。安婕既然打電話過來，想必也已到了，周宣更是注意起來，暗暗把異能運行了數遍，將異能提到最佳狀態，探測著路口和下面的三岔路處。

果然沒過多久，隧道方向就開過來三輛車。

周宣在車窗後偷偷瞧著，見只有三輛黑色的賓士，心裏就安定了些。只有三輛車，那就不會有很多人，而且三輛車相距很近，只要到了近前，基本上就都處在他的控制範圍中了。

三輛賓士到了支路上時，速度就慢了下來，與走路的速度差不多，緩緩地開了過來。

周宣把異能凝成束，專門對著這三輛賓士車，在進入兩百米的範圍中時，周宣就探測到，第二輛車中坐著的正是安婕，隨行的一共還有七名男子。

這七名男子有三個人是開車的，這三個人身上的證件都是京城本地的，另外四名坐車的是持外地證件。這四人身上沒有武器，而那三個開車的男子身上有槍。

周宣當即明白到，這三個開車的一定是在京城這邊去接應的人，不乘飛機，所以身上有槍，而安婕和那四個手下是乘飛機過來的，要通過安檢，所以身上沒有武器。

周宣哪還客氣，立即運起異能，把那三把手槍的子彈廢掉，將子彈裏面的火藥轉化吞噬，彈匣中的子彈就全部是空包彈了。

等到三輛車開近停下後，那三個開車的司機先下車，然後向這邊揮了揮手，從車前面的擋風玻璃裏看得到，那個領頭的男子正坐在副駕座上背靠著背睡覺。

招手的三個人見這邊五輛車裏的人都沒動靜，不禁一怔，趕緊又跑過來敲玻璃，老闆過來了，這些傢伙還在車裏裝大不成？

大概是等得太久睡著了吧，趕緊敲了敲車窗玻璃，但車裏面的人仍然沒有動靜。那三個人呆了呆，隨即伸手把車門拉開，推了一下車裏面的人，只是這一推，被推的人就倒了下去。

三個人這才大吃一驚，知道不好，又看看後座上的人也都一樣，一動不動，知道可能是中了埋伏，當即回身對安婕那邊的三輛車揮了揮手，叫道：

「出事了。」

就在這時，周宣把車門打開，慢慢鑽出車來，看著安婕的那輛車，只是冷笑。

在暗中，周宣又運了異能，把安婕那三輛車也廢掉不能再啓動，這樣就不怕他們逃跑。現在，他們的人全在二十米的範圍中，隨時都能控制得住，而對方的手槍也被他弄廢了，就沒什麼好擔心的了。

對面的車門打開來，安婕緩緩下車，其他人也都鑽下車，跟在她身後。

安婕盯著周宣淡淡一笑，說道：「這幫蠢材，我就說五輛車怎麼可能同時壞了嘛，原來你早做下了手腳。」

說著，又有幾分好奇地問道：「周宣，我倒是不明白，你怎麼就知道這些人會來捉走你的女朋友？這五輛車上的手腳是在事前做的吧，嗯，應該是你一早就在調查我的行蹤了，看來我身邊有奸細了。」

當真是小人之心度君子之腹了，安婕自己是那樣的心思，所以也認爲別人是如此想，反應倒是迅速，不過完全想錯了。

但話又說回來，如果周宣不是身擁異能的話，按照普通人的想法，的確也只能如安婕所想的一樣，只有買通她身邊的人，摸清她的行蹤，才會知道她在京城這邊的行動。

周宣當然不會說明，就讓她去狗咬狗吧，反正她手下也沒什麼好人。

「嘿嘿嘿，」周宣冷笑了一聲，然後說道：「安小姐，我不得不跟你說一下，做事情不能一而再，再而三，你要是再敢動我的朋友親人，我就不會放過你了。別以爲我怕你，我只是不忍心，但是你要是做得太過分，那我就不客氣了。」

安婕淡淡道：「你要怎麼個不客氣法，我倒是想看看。」停了一下，又說道：「其實你要我不找你麻煩，那也好說，你知道我要的是什麼，只要你把那東西交給我就沒事了，否則我是不會收手的。」

周宣冷冷道：「九龍鼎我已經毀掉了，就算我沒毀掉，我也不會給你。我也警告你，如果你現在收手，我可以放過你，如果你一意孤行，那我也就不客氣了。」

「笑話！」安婕當然不相信周宣說的話，放著九龍鼎這麼珍貴的東西，任誰都不可能毀掉，別說周宣了，這話鬼才信！

周宣不鬆口，顯然讓安婕很惱火。

「我還是那句話，如果你把九龍鼎給我，我給你二十億的現金，甚至其他條件我也可以考慮，你知道我的意思……」

說著，安婕對周宣輕輕一笑，又道：「我的意思是，你可以提任何條件。」

周宣哼了哼，冷冷道：「安婕，看來，我想要尊重你都不行，你也太自作多情了吧，就你啊，我說你什麼好呢，一個人不要臉的話呢，還真會變厲害了啊。」

安婕沒想到，一向沉穩有禮的周宣竟然會說出這麼刺激狠辣的話來，氣得臉都白了，忍不住一揮手，狠狠地說道：「把他給我捉起來！」

周宣戲謔地道：「你以爲，我會給你這個機會嗎？」

安婕和她的幾個手下都吃了一驚，看周宣胸有成竹的樣子，就像是在這兒埋伏了幾十個人一樣的表情，當即四下裏瞧了瞧，遠處近處卻都沒有人，除了面前停著的那五輛車外。

那五輛車中，十一個人早被周宣解決了，都給周宣扔在車裏動彈不得。

那三個去迎接安婕的男子，在那幾輛車裏檢查了個遍，叫喚連連，卻沒有一個人能站得起來，能說得出話來，只有眼睛睜得大大的，腦袋應該還是清醒有知覺的。

檢查完後，那三個人趕緊跑回來對安婕報告，一邊說一邊瞧著周宣。

現在，他們的十一個人全部都倒下了，而對方卻只有一個人在這裏，情形很是不對頭。

按理說，這場面無論如何都不像是一個人能做到的。一個人能把十一個人都放倒？那只可能是偷襲！

「安董，我們……我們十一個同伴，全部給放倒在這些車裏，都不能動彈不能說話，但瞧樣子卻又像所有人都有知覺，眼睛也是睜著的。」

安婕這時倒真是有些吃驚起來，難不成周宣真是有備而來？

按她對周宣的瞭解，周宣應該沒有那麼深的心機，但瞧周宣那沉穩又自信的表情，她心裏也沒什麼底，之前她手下給她彙報的事，看來也是水中花鏡中月了。本想拿魏曉雨來脅迫周宣把九龍鼎交出來，看來這步棋是走不通了。

吃驚歸吃驚，安婕卻不害怕，眼神一掃，那四名手下當即朝周宣逼攏過來，而另外三名開車的男子也都把手槍取了出來，不管三七二十一，先把周宣制住了再說。

周宣雙手斜插在褲袋裏，身子動也不動，笑了笑說道：

「安婕，我再最後問你一次，你放不放手？」

「我不放手，你還能怎麼樣？」安婕冷冷回答著，「只要你把九龍鼎給我，那就什麼事都沒有，如果你不給我，我可以明確告訴你，你的家人你的朋友親人，我都會抓來。」

周宣眼神陰沉下來，這個安婕一旦瘋狂起來，真的跟個瘋子一樣，想要讓她退縮放手，看來是講不通了。

再說，那九龍鼎也已經損毀了，如同自己剛剛說的，就算九龍鼎是完好無損的，也不能交給她。安婕的心態現在已經變得瘋狂了，跟一個狂妄自大的恐怖分子一樣，只想要達到自己的目的。

此時已經由不得周宣多想，安婕的那四名手下以及那持槍的三名開車的男子，七個人將他圍在了中間。

因爲瞧周宣只有一個人，又手無寸鐵，這七個男子團團將他圍住。

跟著安婕一起過來的那四名手下，都是練過功夫的強手，是安婕花高價從武館請來的武師，平時就有些傲氣，加上現在面對的又只是周宣一個人，自然不會一起上前動手了。

周宣把拳頭學著別人那樣，捏得「叭叭」響了幾下，說道：「你們乾脆一起上吧，省得費事。」

周宣是故意說大話吹牛的，看得出來這四個人身手很強，異能探測到的氣場很濃。

那四個人對周宣的大話自然是不以爲然，一開始對周宣忌憚，擔心周宣在這兒另有埋伏，但現在已經檢查清楚了，雖然這邊接應他們的十一個人都莫名其妙倒下了，但可以確定的是，對方只有周宣一個人，而且沒有麻醉槍或手槍等任何武器，若只是空手相搏，那就不必擔心了。

站在周宣正面的那個男子踏上前半步，另外幾個人都沒動。踏上半步顯然就表示他要準備出手對付周宣了。

習武的人還真講那套臭規矩，一般不會在背後暗中傷人。

周宣淡淡笑了笑，瞧著面前這個男子一雙拳頭捏得自動響了幾下，從拳頭上湧出來的氣場，周宣可以想像得到，這一拳的力量幾乎可以砸碎紅磚，擊斷兩寸厚的木板。

不過，周宣不怕。而且，既然那人不在背後傷他，也不事先動作，周宣便覺得，不好把他廢掉。

那人在眾人的注目中，一拳並不快地打出來。這一拳是故意很慢打出來的，讓周宣有時間反應，當然，他也不是想要放過周宣，只是覺得周宣不可能逃得掉，這一拳雖慢，但拳力卻不輕，至少有五百斤以上的力道，如果打到周宣身上，肋骨也得斷個七八條。

周宣早把異能運起，冰氣異能逼到那人的雙肩處，將肩膀處冰凍起來，這一次，他做得跟解決其他人的方式不一樣。

周宣開始解決其他人的時候，是把他們的手腳和嘴全凍了起來，而現在，他只凍結了這人雙臂處那兩寸的地方，也就是斷絕了從肩上輸送出的血液和力量，而他一雙手的前端仍然能動，但卻跟個嬰兒一樣，沒有半分能傷得到人的力氣。

周宣的異能探測得到他拳頭上的力度，所以並不擔心，一動不動讓他一拳打到自己胸口上。

別人不可能知道，周宣是在那人一拳大力打出來後才凍結了他肩膀的，所以在其他人看起來，那就是一拳大力打出，只是打得如此之慢，想來周宣也應該閃躲得開吧。

但他們想不到的是，周宣根本就不閃躲，而是一動不動地站在原處，讓那人一拳生生打在胸口。若是其他人，結果就是被打得吐血，肋骨斷裂掉。不過，周宣卻絲毫未損地微笑著示意他繼續，大家不禁都呆了呆。

再看看那個出拳的同伴，卻怔怔地撫摸著自己的雙肩，又伸了伸手，這動作在外人看來很是古怪，只有他自己和周宣明白。

他的一雙手雖然完好，卻使不出力來，雖然他練過金鐘罩鐵砂掌一類的硬功，但奇怪的是，竟使不出力來，而且雙肩處突然冷如寒冰，只是不痛不癢的，察覺不出到底是什麼原因。

周宣依然淡淡地瞧著這幾個人，說道：

「我都說過了讓你們一起上，省得費事費力，你這拳頭哪像是打拳啊，是給我抓癢吧？」

那人頓時一臉羞紅，哼了哼，又是迅速踢腿出來，這是標準的南方譚腿功夫，當然，周宣並不認識。

這個人的功夫到什麼程度，他的幾個同伴自然是清楚的，也都知道他這連環雙腿踢出的威力。在平時，這可是一條腿綁了六十斤重的鐵砂袋練出來的，就算面對的是一頭兩三百斤重的大肥豬，他也能一腿踢出丈餘外。

而現在，因爲剛剛一拳打出，莫名其妙出了醜，一雙手也不可思議地失去了力量，其他人又盯著他，這個面子丟得糊裏糊塗的，所以後面的連環腿就是全力施爲，要把周宣一擊放倒，再無反抗之力。

其實周宣也想放他一馬，這個人與他素不相識，就算動手也是留了幾分力，所以周宣並不想把他弄得跟那些人一樣。

不過，這次全力攻擊的連環腿，周宣可不敢大意了，冰氣異能同樣施出，這人的一雙大腿處立即給凍結住了，連環腿雖然踢得快，威猛有餘，力量卻消失了。

一前一後，這人的連環腿都踢在了周宣腰間，不過周宣動也沒動一下，反而是那人「啪嗒」一聲摔落在地，好半天變不了姿勢。

其他人都愣住了，尤其是這個人的另外三個同伴，心裏都在猜測著，周宣是不是練過金鐘罩一類的硬功夫？而現在的情形，幾乎就是硬功夫練到了極致，如同傳說中的沾衣十八跌練到了最高境界一般。

這讓所有人都呆怔了起來。

他的同伴趕緊上前把他扶起來，半拉半拖地扶到後邊，低聲問道：「怎麼回事？」

那人臉上儘是糊塗神色，愣了一下才回答道：

「很奇怪，也不知道是怎麼回事，就是雙手雙腳打出後，忽然就沒有了力氣，我感覺得到身體中力量強得很，但就是使不到手上和腳上了，真是奇怪。」

看到出現了這麼奇怪的局面，那另外三個開車迎接安婕的男子，立即用手槍指著周宣，狠狠地說道：

「蹲下來，別動，再動就打死你。」

其實周宣本來就沒動，此時便笑笑道：

「你讓我不動，我就不動了？你們幾個算什麼東西啊？」

那三個人頓時大怒，周宣的話讓他們不由得不發怒。

其中一個想也不想，對著周宣的腿就扣動了扳機，只是扳機扣動時，「嗒」的一聲，撞針響了，卻沒聽到槍響，子彈也沒有射出。

周宣哼了哼，看來對這三個人沒必要留情面，既然對方已經對他下了殺手，他當即運起異能，把太陽烈焰運出，將那三個人手中的手槍燒到幾乎快熔化的程度。剎那間，抓著手槍的手頓時變得通紅一片，槍身槍管都被抓變了形。

接著，就是「啊喲啊喲」的叫喚聲響起，那三個人慌不迭地扔了手槍，抱著手直是慘呼，空氣中充斥的儘是燒糊了豬肉的味道。

周宣這一下太陽烈焰運得極猛，在這麼高的溫度下，人的皮膚自然是沒辦法承受的，好在那三個人身體沒有受到攻擊，只是握槍的右手受到了嚴重的燒傷。

當然，給這麼高的溫度貼手一燙，那三個人的右手幾乎都給燒熔在一起，變成了殘廢，以後再也不可能拿槍傷人了。

周宣又在他們扔槍的同時，運起冰氣異能把那三把手槍的溫度降到正常，手槍掉到地上後就已經恢復成了原來的顏色，不再是燒得通紅的樣子，只是從微微彎曲的槍管還是能看得出被燒毀過。

不過，這其中的秘密也只有他們三個人才知道，別人是看不出來的。而且別人根本也沒有注意他們，只是在他們慘叫著扔槍後，才轉頭看過去。

這三個人都捂著手慘呼，似乎是痛到了極處，而那右手黑乎乎的好像燒焦了一般，鼻中聞到的也是燒焦燒糊的肉味，可這火是怎麼來的？

沒有人看到，包括握槍的三個人自己都不知道，而且也沒看到有火出現，那手槍似乎是一剎那就變成了熔鐵一般，到現在他們都弄不明白。

因為這三個人心狠一些，周宣自然也是不客氣地對他們下了狠手，雖然沒有讓他們失去行動能力，但廢了他們的右手，卻是比其他人只凍結手腳嘴巴來得要狠得多。

被凍結的人只要過一兩個小時，症狀就會消失，人也就會恢復，雖然一個星期以內行動仍然會有呆滯，但十天半個月後，就會完全恢復；而那三個燙傷的人，右手卻是終身殘廢了。

周宣絲毫無動，而對方卻是損了三個人，而且還是莫名其妙的。

另外就只有安婕帶來的三名手下還有行動能力，不過這三個人都心驚不已，出現這樣的情況，肯定不是偶然的，只能歸因於周宣搞的鬼，雖然他們瞧不出他是用的什麼手段。

在一旁的安婕忽然心沉了沉，又想起之前在鳳山別墅中發生的事，她的手下們好像也是手槍打不響吧？

後來，安婕的手下們檢查了一番，發現手槍沒有問題，只是子彈出了問題，把彈殼取下來後，才發現裏面的彈藥竟然都沒有了，全是空的。

當時他們就在想，這些子彈的問題出在哪裡，以為是上當了，買了空包彈。

安婕盯著那三個慘呼的人，又瞧了瞧扔在地上的手槍，忽然覺得這事沒那麼簡單，而且，周宣也似乎不是她想像的那麼普通，把在鳳山別墅的事跟現在的事聯想起來，倒是覺得眼前這個周宣有些古怪。

難道這一切都是他弄出來的？

這裏就只有周宣一個對手，雖然這一切無法解釋，但唯一說得過去的就是，這些無法解釋的事都是周宣弄出來的，只是她和她的手下都看不出來而已。

第四十三章

雙重誘惑

安婕懊惱的是，
之前對周宣用金錢和美色誘惑都沒有成功，
以後得設法把這兩個比自己漂亮的女人解決掉，
然後再對周宣進行誘惑。
因為她無論如何也不相信，
世界上還能有人抵擋得住金錢和美色的雙重誘惑。

安婕在驚疑不定中，另外三名手下悶哼了一聲，一起衝了上去，準備出重手攻擊周宣。周宣毫不客氣，這次沒有用太陽烈焰，而是運起了冰氣異能，把這三個人手腳一起凍結住，剎那間把他們的行動能力廢掉。

看著那三個好手在瞬間摔倒在地，而且爬都爬不起身，安婕一下子就變了臉色。現在，她終於可以肯定，這一切都與周宣有密切的關係，或者說，就是周宣做出來的。只是奇怪的是，她和她的手下到了這裏後，周宣一直站在那兒動都沒動，而她的這些手下都是自己摔倒或者受傷的，若說是周宣做的，卻瞧不出任何的蛛絲馬跡來。

但安婕心機深沉，向來比別的人要考慮得多，從周宣的表情和言行來看，絕對與他脫不了干係，若是普通人，一定很害怕，可周宣自始自終都沒露出一絲害怕的表情來。

現在倒是輪到安婕有些心虛了，現在她才感覺到，確實沒把周宣這個人研究看透，原以爲自己完全抓著了他的痛處，能控制他，但現在反倒覺得有些心慌了，周宣似乎並不像她想的那麼好對付。

眼前的處境讓她很爲難，十幾個手下毫無動彈的能力，而自己帶來的四個人和三個接她的人，也都相繼在令人無法相信的情形下受傷，失去了行動能力，沒有魏曉雨在手中作籌碼，也沒有了替她動手的打手，現在她應該怎麼辦？

周宣這時才冷冷地朝著安婕的方向走了幾步，與安婕更近了些，安婕不由自主退了幾步。

後面那三個燒傷的男人叫得十分淒慘，聲音難聽得很。周宣一揮手，冰氣異能凍住了那三個人的嘴巴，慘呼聲頓時停了下來。

安婕更是驚訝，看著周宣剛剛的動作，看來她的這些手下受的傷都是周宣做的，只是，周宣用的是什麼方法？也太神奇了吧？

安婕瞧著周宣陰冷的眼神，不禁又是退了兩步，顫聲道：

「你……你要幹什麼？」

「這話應該由我來問你才對吧？」周宣冷冷道，「我告訴你一個秘密，你父親安國清可能沒告訴你吧？」

說著，周宣瞧了瞧那七個受傷的男子，又朝安婕走了幾步，然後壓低了聲音對安婕說道：「你想知道我是怎麼對付這些人的吧？」

安婕又驚又疑，安國清可沒跟她說起過周宣有什麼奇怪的能力，或者是練過什麼秘傳的武功。她當然想知道，但安婕不相信周宣真會告訴她。

看著安婕害怕又奇怪的表情，周宣覺得自己扳回了一些優勢。他將臉湊近了安婕一些，在安婕耳邊用極低的聲音說道：

「我告訴你，九龍鼎我已經毀掉了。那東西我是不會留在這世界上的。不過，那個九龍鼎有一種練功的法子，可以隔空使用內氣，我現在就是練就了這樣的本領，既能凍結成冰，又能熔化生鐵。安小姐，如果你一定要跟我作對，我就把你跟你的手下統統燒成灰燼，絕對可以讓你們在這世界上不留半分痕跡。」

安婕聽到周宣的話，一時反應不過來，想了好一會兒才明白周宣說的是什麼意思，可是，這樣的事，真有可能麼？

但轉頭一想，連九龍鼎那種可以穿越時空的奇異機器都能存在這世界上，那周宣所說的那些能力也不算奇怪了。

不過，周宣既然能從九龍鼎上得到這樣的功夫，那她自然也能夠得到，只是，周宣既然跟她坦白出來，那一定就不會怕她再動這樣的心思了，該怎麼辦呢？

周宣哼了哼，然後又退開幾步，再把冰氣異能運起來，把安婕的一雙腿凍結了起來。這一次使用的冰氣異能溫度低了些，只將安婕的腿部肌肉組織損傷一部分，就算她馬上到大醫院醫治，這一下也至少會讓她在輪椅上坐個半年。

安婕「啊喲」一聲摔倒在地，掙扎著爬動了幾下，卻始終站不起身，腳上也不痛，可就是沒力氣，一用力就會摔倒，頓時大駭。

安婕馬上發覺，自己不是腿麻抽筋了，而是中了周宣的暗算。如他所說，他從九龍鼎上得到了不可想像的能力，難道就是這個能力？

安婕有些恐懼，努力掙扎了幾下，但卻始終站不起來，一雙腳除了有些冰冷的感覺外，就再沒有其他感覺了，又不疼痛又不難受，但這樣的感覺反而讓安婕更加害怕，倒不如像剛剛那幾個人痛得大叫大喊一樣來得實在。

像她這樣的人，美貌與財富兼顧，心智也遠超平常人，這個世界對她來說，就是燦爛光彩的世界，但如果她變成了一個殘廢，那得到這些又有什麼意義？

安婕掙扎了幾下，然後驚恐地問道：

「周宣，你……你……你對我做了什麼？」

周宣冷冷地道：「其實我做了什麼，你不用知道得很清楚，但我可以告訴你，如果我要讓你從這個世界上消失，那是輕而易舉的，我警告你，如果你再對我的親人朋友背後動手腳，我一定會讓你過著生不如死的日子。」

說完，他又添了一句：「對九龍鼎，你就死了那個心吧。」

安婕面上神色變幻，胸口直起伏，周宣說的話讓她又驚又懼，但要她就此放棄九龍鼎，那無論如何也是做不到的。

俗話說，人為財死，鳥為食亡，九龍鼎雖然不是錢財，不是食物，但卻能為她帶來巨大的錢財和無憂的生活，而且九龍鼎最大的好處是，可以讓她永遠在這個時間段徘徊，而不用擔心生老病死。

可是現在，周宣卻要剝奪她的美夢，她如何能忍下呢？

看著安婕喘著粗氣又驚又恐的樣子，周宣用異能探測著她的氣場，安婕的氣場很微弱，肯定是沒有練過功夫的普通人，但她的氣場卻是閃爍不止，顯然是內心在起伏。

周宣不相信她會如此甘心依著自己的話，這個女人不會甘於寂寞的，也肯定不會放棄對九龍鼎的企圖。

安婕又喘了幾口氣，才顫著聲音問道：

「你究竟對我做了什麼？你……你想要怎麼樣？」

周宣陰沉著臉，沉默了一下才又說道：

「我根本就不想怎麼樣，這一切都是你逼我的，我告訴你……」

說著，周宣又看了看身周的車和躺在地上的那些人，手一揮，冰氣異能運出，把這些在地上和車上的人全部用冰氣異能凍暈過去。

安婕看著周宣，眼見他這一動，倒在地下的那些傷者和另外那三個只有右手燒傷的手下統統都暈倒過去，在地上一動不動，不禁更是驚恐。

「你……你把他們……把他們怎麼樣了？」

周宣神色陰沉地回答道：「沒怎麼樣，我只是把他們全部都弄暈過去了，讓他們聽不到我們的談話而已。」

安婕頓時又張圓了嘴，周宣的能力太讓她吃驚了。

雖然認識周宣一年的時間，但越見他多一次，就越覺得他不平凡。周宣的能力太不可思議了，轉身揮手之間便讓間隔了十幾二十多米的十多個人全部暈眩，失去了知覺，這也太可怕了，難道這就是他所說的，從九龍鼎上面得到的能力？

安婕心中急跳了一陣，雖然被周宣的奇異能力嚇到了，但同樣也被周宣的能力所吸引，心想這肯定是從九龍鼎上面得到的能力，有可能就是傳說中的超能力吧。

畢竟九龍鼎是太奇異的東西，其穿越時空的能力就足以令人震驚，而周宣說從九龍鼎中得到的能力，應該是事實，如果她也擁有了這樣的能力，就不會被周宣威脅成這樣了。

周宣的做法的確是嚇到了安婕，卻更加吸引了安婕，讓她更堅定了一定要得到九龍鼎的想法。畢竟，只有得到了九龍鼎，才能讓她長生不死，才能讓她永遠都不被人欺壓，不受人脅迫。

安婕的這個念頭，周宣卻是猜不到的，但看到安婕驚恐的表情時，心裏暢快了些，便說道：

「安婕，告訴你，如果我要毀掉你，那是舉手之間的事情，你身上的禁錮至少會保持三個月之久，到時候你如果還老老實實待在鳳山不惹事，我會來幫你治好，如果你仍然對我的親人朋友做出什麼事來，那你就會跟這幾輛車一樣。」

周宣說到這裏，然後雙手一擺，把異能運出，將身周的八輛車都轉化吞噬掉。

安婕驚恐地發現，她乘坐來的三輛賓士和之前的五輛轎車，在這一剎間忽然從眼前消失了，而車裏的人，也就是那些手下都摔落在地，不過人都是暈倒著的，一點知覺都沒有。

那些車呢，到底到哪裡去了？

四下裏都沒有阻礙物，也看不到那些車消失到什麼地方了，而且每輛車都重達一噸以上，一個人是不可能搬得動的。從這一點上，安婕幾乎可以肯定，這就是周宣用了從九龍鼎得到的奇異能力。

不過，安婕想不到的是，周宣的這些能力主要來自於黃金石，而不是九龍鼎。雖然他後來從九星珠上面得到了太陽烈焰的高溫能力，也因此而讓異能進化，冰氣異能可以把溫度降到極低點，但說到底，周宣的異能不是從九龍鼎上面得到的。

而且，周宣的異能是以冰氣異能爲基礎的，如果沒有冰氣異能，九星珠的能量再好再驚人，那他也吸不到、吸不走，所以，即使安婕真正得到了九龍鼎和九星珠，也是不可能從上面吸收到太陽烈焰的異能的。

想到這兒，安婕突然激動了起來，因爲親眼目睹了這麼奇異的能力，看來，只要她做得夠好，這些奇異的能力最終也能落到她身上。

「我可以答應你，」安婕終於平靜下來，盯著周宣低聲地回答著，「我馬上就回鳳山，但你也得讓我行動自如啊，這樣我才能回去吧？」

周宣盯著安婕，眼神如電，但安婕的臉色沒有半點改變，只是靜靜望著他。

安婕望了一會兒又說道：「你要不放心，不解除我的禁制那也行，你親自把我送回鳳山吧。」

周宣皺著眉頭想了想，終於點了點頭說道：「好，我就再給你一次機會，如果你再有一點不軌消息傳到我耳朵裏，你就會跟那幾輛車一樣的下場。」

安婕咬著唇不語。就在這時，她只覺腳上有溫暖的熱流傳過，一雙腳剎時間就有了知覺，趕緊站起身來走了幾步，果然再沒半分不適。

臉上儘是喜色，不過安婕的這些喜色是裝的，那只是讓周宣安心。周宣的能力已經讓她鐵定了心思要得到九龍鼎，只有得到九龍鼎這樣的奇怪能力後，她才有自保的能力，不會再受迫於任何人。

周宣是先放倒了她那些手下才跟她說這些話的，這樣也好。安婕明白，這樣的事讓越少人知道越好，以後這些能力就是她獨自所擁有的，自然不想讓別的人知道。要是有誰對她有威脅，那就像周宣對付這些小車一樣，把這人從人世間抹除掉。

不過，現在卻不能露出太多不正常的表情來，目前要做的是讓周宣放過她，所以，安婕盡可能地表露出害怕的情緒，讓周宣以爲她受驚了，再也不敢有什麼想法。

安婕有些懊惱的是，之前對周宣用金錢和美色誘惑都沒有成功，後來才想到，自己雖然漂亮，但卻比魏曉雨和傅盈遜色了些，所以周宣才很難對她動心，以後得設法把這兩個比自己漂亮的女人解決掉，然後再對周宣進行誘惑。

在這一點上，安婕很堅持，因爲她無論如何也不相信，這世界上還能有人抵擋得住金錢和美色的雙重誘惑。

安婕想了想，又問道：「周宣，你把所有的車都弄消失了，那怎麼送我走？」

周宣抓了抓頭，的確是，自己把她和她手下的車全部廢了，只剩魏曉晴的那輛車了，便說道：「你等一下，我到上面開車過來。」

安婕伸手想抓周宣的衣袖，但伸了一半卻又縮了回去，這時的周宣跟她去年見到時的可不一樣了。

周宣看著安婕的動作有些奇怪，問道：「你還有什麼事？」

安婕指著地下躺著的那些手下說道：「那這些人怎麼辦？」

周宣哼了哼，說道：「這次就放過他們，等十分鐘過後，所有人都會清醒過來，也能行動，不過我警告你，只要我再見到你們之中的任何一個人，我就會馬上把他弄消失，不會再跟你說二話。」

周宣用異能把這些人的冰凍程度稍稍解除了一部分，不過解除的時候還是留了一手。他把他們腦部區域最重要的部分用冰氣凍傷了一些，這樣是可能把這些人的腦細胞弄損傷的，只是以前沒有試過，也不知道會是什麼樣的結果。

周宣隨即又對安婕說道：「你在路口等我。」說著，自己一個人跑上公路，往京城的方向跑過去。

魏曉晴在路邊的樹上偷偷觀看著，因為擔心周宣的安危，但見到場面一直都在周宣的控制之中，也就放了心，後來又見到周宣和一個漂亮的女孩子交談了許久，心裏就有些不高興，正想提醒周宣時，卻又見他上公路來了。

周宣在上公路時，魏曉晴趕緊回到了車上，裝作一直在車上等，沒有偷窺他們的樣子。

周宣跑到近前，然後對魏曉晴說道：

「曉晴，不好意思，我得借用一下你的車，把那個女人送到機場讓她離開，我……」

魏曉晴當即打斷了他的話，說道：「別說借我的車，要去哪兒我跟你一起去，難不成你還想把我扔在這兒？」

周宣怔了怔，然後指著車道：「可是，這車只有兩個座位啊！」

「讓她擠一下不就得了？」魏曉晴哼了哼，然後又補上一句話，「你開車。」

當然只有周宣開車了，要是魏曉晴開車，他跟安婕擠一個座位的話，他可不幹。

想來以魏曉晴的性情，當然也是不幹的。要說把駕駛的權力交給安婕，讓他和魏曉晴來擠一個座位，魏曉晴倒是不會反對，但他們兩個人也不會放心讓安婕來開車。要是她把車速開到極快，然後撞了車的話，那是周宣也沒法控制的。

安婕在公路口等著，但周宣把車開到後，見到副座上坐著的是魏曉晴，臉上的表情就不好看起來。而魏曉晴看清了安婕後，心裏更是不舒服，她很不喜歡安婕，從心底裏不喜歡她。

「你坐這邊，」周宣把車一停下，魏曉晴挪動了一下身子，往中間靠了靠，然後對安婕說道。

安婕沒得選擇，只能從另一邊上了車，跟魏曉晴兩個人擠一個位子。周宣在這時可不敢把車開快了，魏曉晴跟安婕兩個人擠一個位子，安全帶都不能綁，哪敢開快。

周宣還得保佑路上沒有交警，要是被交警攔住了，也是麻煩事，起碼要耽擱時間，現在他得趕緊把安婕送走。

周宣開車時，把車儘量靠邊，時速也控制在八十以下，過路的那些車都打開車窗盯著周宣這輛車，兩個漂亮的女孩子擠在一個位子上，可真夠有意思的。

有的車裏甚至還吹起了口哨，因爲是在高速公路上，車速很快，周宣也沒理這些人。要是在這個時候把他們的車弄壞掉，恐怕要出大事了，反正這些人也沒犯罪，不必要用那樣的手段對付。

開到機場花了四十分鐘，在機場大廳裏，周宣買了機票，親眼看著安婕從通關口進去。他與魏曉晴在機場大廳裏又坐了一陣，等到下一班的乘客進去時，兩個人才離開。

在回去的路上，周宣讓魏曉晴開車。

魏曉晴把車開上高速公路後問道：

「那個人是誰？今天綁架我的那些人又是誰？」

周宣想了想回答道：「這個女人你不認識，但她要對付的不是你，而是你姐姐魏曉雨。不過我想，她應該不會再動這樣的心思了。」

「那她爲什麼要來綁架我？就算是要綁架我姐姐吧，是什麼原因？」魏曉晴又追著問道。

今天出了這樣的事，她心裏哪裡能靜下來？再說，就算安婕對付的是她姐姐魏曉雨，那她也不能不擔心啊。

周宣摸了摸臉，是啊，不管怎麼樣，魏曉晴是受害者，有權利知道原因吧？

周宣想了想，對她說道：

「是這樣的，我得到了一件很奇怪的東西，那個安婕也想要那個東西，之前她曾經見到我跟你姐姐在一起，所以就想抓住你姐姐來要脅我，想要我用那個東西來交換你姐姐。你今天之所以被他們綁架，就是這個原因。不過你不用擔心，安婕已經被我嚇到了，不會再對你們動手了。」

「那你就錯了。」魏曉晴一聽就說道，「看來你還是不懂女孩子的心思。我告訴你吧，這個女人絕不會罷手，人為財死，鳥為食亡的道理你不懂嗎？人心不足的話你沒聽說過嗎？」

說了這些話，魏曉晴又靜了片刻才說道：

「比如我吧，我也是那樣的，我喜歡了一個人，就算他永遠不會跟我在一起，永遠不會跟我甜言蜜語，永遠不給我任何承諾，我也不會放棄。」

魏曉晴這話就是在說她自己和周宣的事了。雖然沒提周宣的名字，但周宣卻明白，把臉低了下去。

雖然對魏曉晴的情意他不能接受，但她說的話還是讓他沉思起來，安婕確實是個很難測的女人，或許魏曉晴說得沒有錯，她的確不可能那麼輕易就放棄。

看來還得想想辦法，害人之心不可有，但防人之心不可無啊，的確得好好想一想。

在車上想了想，周宣忽然抬起頭對魏曉晴說道：「曉晴，馬上開車到你小叔家去，我要跟你爺爺商量一下。」

魏曉晴見周宣表情凝重，看周宣不像是開玩笑，也沒多說，加速開回京城，進市區後，直接往西城區小叔的別墅社區開去。

老爺子和老李父子四個人正在商量著周宣的婚事，周宣又回來，他們幾個人都沒想到。周宣見到魏曉雨也在一旁，表情怪怪的，很不對勁。她們老魏家和老李一家人都在商量著準備周宣的婚禮，她又如何能高興得起來？

但見到周宣忽然回來了，而妹妹對自己的表情也沒那麼冷淡了，倒是有些意外，趕緊問道：「曉晴……」

要問的話卻沒有說出來，魏曉雨到底還是不好意思問周宣的事。

老爺子擺著手讓周宣坐下來，笑道：

「正在商量你跟盈盈的婚事，當然，最後仍得交給老三和李雷來辦，我們老頭子只是提意見，跑腿的事得由他們年輕人來辦，呵呵。」

在他們嘴裏，李雷和魏海洪都變成了年輕人，只怕周宣和魏曉晴姐妹都只能算是小孩子了。

周宣咬了咬唇，猶豫了一下才對老爺子說道：「老爺子，李老，我回來是有一件事要跟你們二位老人家說一下，當然，李叔和洪哥也是要知道的。」

老爺子和老李都是一愣，周宣這個表情可不輕鬆，看來是有很嚴重的事了。二人當即伸手擺了擺，示意大家都不要說話，聽周宣說。魏海洪和李雷也都靜下來，盯著周宣。

周宣這才慢慢地把安婕的事說了一遍，只是事情牽扯得太長太寬，得從之前，也就是跟魏曉雨一起去江北幫傅遠山處理案子說起。

因爲那次在江北才得到了九龍鼎，然後又因爲馬樹的原因，無意中啓動了九龍鼎而回到了一年多前，又在鳳山與安國清交手，最後又通過九龍鼎的力量回到了現在，然後又跟傅盈到鳳山，卻又無意中碰到安婕，這才引發了今天的事情。

這一切的事都如天方夜譚一般，讓老爺子和老李父子四個人都驚呆了。一旁的魏曉晴也呆住了，雖然在路上周宣對她說了一些，但也沒想到會是這樣的情況。

在場的人都知道周宣是有特殊能力的，卻沒想到會這麼離譜，離譜到令人無法相信的地步。如果不是知道周宣絕不會對他們撒謊，這樣的事他們根本就不會相信。

魏曉晴也明白了，爲什麼這一次姐姐回家後，老是做那些古怪的動作，睡夢中還說著古怪的夢話，想著周宣跟姐姐兩個人卿卿我我的情景，心裏便酸意湧上來。

魏曉雨自然是沒有什麼表情，這些都是她經歷過的，如果周宣不說出來，她只會把這事當成秘密，永遠埋在心裏頭。

眾人都爲周宣話語中的驚奇之處沉醉，好半晌後才想起周宣提出的警告，老李父子兩個是軍人出身，脾氣要火爆得多，尤其是老李，一拍大腿就惱道：

「這個安婕，居然敢對曉晴下手。」

「對曉晴下手那只是小事，而且曉晴也沒出事，現在比較嚴重的是，」老爺子一擺手止住了老李的怒火，說道：「目前要考慮的是，這個安婕絕不會罷手，她想要的是九龍鼎。」

「九龍鼎她肯定是拿不到了。」周宣點了點頭，然後說道，「九龍鼎我昨天已經毀掉了，現在只剩下一堆碎顆粒，這幾天正在找地方把它處理掉。」

在客廳的幾個人都是一怔，都有些不信。

第四十四章

官場大震動

老爺子這邊沒給周宣回話，是因為安婕那邊牽扯太廣了。
沒想到把她一抓住，後面扯出來的人，
幾乎把地方上的官場翻了一個遍，形成了一場官場大震動，
畢竟，安氏這些年形成的利益圈子實在太龐大了。

李雷最先開口：「這樣的東西你捨得把它毀掉？」

周宣點頭說道：「是啊，這東西太危險，我相信不僅僅是對我自己危險，對所有人都很危險，如果讓安婕得到九龍鼎，說不定會把整個世界都毀掉。」

幾個人又是一怔，魏海洪有些疑惑地問道：

「兄弟，有那麼誇張嗎？就一個女人，有那麼大能耐？」

「洪哥，你沒跟這個女人打過交道，不知道她的可怕。現在，她的能力或許還構不成太大的威脅，但她的財力、物力加上她的心機，那就可怕了。還有，你們也不明白九龍鼎的能力。」

周宣回想起兩次使用九龍鼎後的情況，到現在都有些害怕，然後又說道：

「九龍鼎的能力很可怕，可以任意去到任何的時間和地點，想一想，如果是個狂人擁有它的話，要毀掉這個世界是輕而易舉的事。」

老爺子和老李四個人兩父子都震驚了，如果按照周宣的說法，那還真是件極其危險的事，但他們同時又驚詫，周宣竟然能放棄九龍鼎的誘惑，自動將九龍鼎毀掉。

換成是他們，恐怕很難這麼做。人都是有貪心的，擁有九龍鼎對他們來說，就像是大國想要擁有超級武器一樣，這種欲望是無法形容的。

周宣在他們心中確實很特別，不僅僅是他的能力，而且也包括他的性格。這種率直，不貪心，對朋友和親人可以付出一切的人，才讓他們覺得周宣是他們的親人，願意去保護和愛護他。當然，或許他們從周宣身上得到的會更多，但至少他們是相互關心的。

又想到安婕的事，大家一時都沉靜下來，好一陣子，老爺子才沉著臉說道：

「李雷，你跟那邊的軍方關係近一些，打個招呼，配合一下當地的軍警，我再跟那邊的地方官員打個招呼，進行一次打黑掃黑行動，讓地方上檢查一下安婕所有的經營項目。按周宣介紹的來看，她的財產都是安國清遺留的財產，以安國清的行事，他這些財產肯定來得不清不楚，現在的大富豪，不查則已，一旦查下去，又有哪個是乾淨的？」

老爺子又對魏海洪吩咐道：「老三，再用你的關係查一下安婕，看她是否回到了原地，把她的行蹤掌控住，不能再讓她對周宣家人有任何威脅。」

李雷當即應了下來，然後又說道：「魏叔，我看還要讓地方上的銀行、稅務機關一起動手，把安婕所有銀行帳戶資金都凍結起來，直到案子查清爲止。」

要動安婕的話，並不是很難，在京城的高層中，她應該是沒有後臺背景的，即使在當地有千絲萬縷的關係，只要京城發話過去，高層動手發力，下邊的人自然不敢再幫著安婕，只會顧著撇清關係了。

老爺子想了想，又說道：「我再讓老二吩咐一下京城警方，查一查安婕這邊聯繫的勢力，嘿嘿，想要動我們的人，有那麼簡單麼？」

當真是老虎不發威，一發威便會是山搖地動的氣勢了。從這一點上，周宣不禁嘆服了。他一直爲難的事情，到了老爺子手上便迎刃而解。

周宣主要擔心的是，畢竟安婕是個名人，要是名人失蹤，自然會引起轟動。所以周宣才會頭痛。但老爺子身處地位不同，使用的方法也自然不同，周宣是用異能解決，雖然乾脆，但後患無窮，而老爺子就不同了，用正當手段去制服安婕，那就簡單了。

魏海洪在一邊已經撥打了一個電話，他是讓人到航空公司查詢的，結果得到的回答是，安婕並沒有回鳳山。

因爲登機的乘客中並沒有安婕的名字，這就表示，安婕在周宣和魏曉晴離開後，又從機場溜了出來。

周宣呆了呆，說道：「我們是看著她進了登機門的啊。」

不過，這話他自己也說得有些無力，進了登機門自然也可以出登機門，只要沒上飛機，她都可以自主行動。

顯然，安婕是在機場裏面等到自己和魏曉晴走後才出來的。這個女人看來真的不死心啊。

老爺子更不遲疑，當即給二兒子魏海河打了個電話，讓他安排京城警方立即著手清查安婕的下落，力爭把她的手下一網打盡，同時讓李雷將安排的事馬上行動，先斷絕了安婕的經濟來源再說。

安婕目前所倚仗的就是她的金錢，如果沒有了金錢支撐，她就寸步難行了。她可沒有周宣那樣的本事，說到底，比她父親安國清都遠爲不如，如果要她靠工作賺錢來做這些事，那她就無能爲力了。

請那些手下可不是一點錢，每天撒出去的錢都是幾十萬上百萬的，那是薪水階級的人無法承受的。如果凍結了她的財產，那她也就再沒有任何經濟來源了。

幾個電話打出去後，就是等待了。

不過，老爺子的面色很沉靜，似乎並不以爲意，過了片刻又對周宣說道：

「周宣，你不用擔心，老二已經安排了警方佈置人力監控你們家，同時也著手調查安婕的人手勢力，只要她的人一出現，警方就會監控抓捕。再就是，安婕唯一的支撐就是她的現金，我已經讓有關部門發下了調查安氏企業的命令，第一件事就是凍結安氏的所有銀行資產，所以安婕現在其實是寸步難行，她的那些手下都是用金錢支撐的，失去了金錢後盾，她就沒那麼方便了。」

聽了老爺子的話，周宣安心得多了，他自己是不擔心的，無論如何，安婕肯定不至於再找殺手暗殺他吧，他擔心的只是家人，但老爺子有安排後，這一點擔心也排除了，在這裡，無論私人勢力多麼猖狂，要是想跟國家機器鬥的話，仍然是不堪一擊的。

「那我就回去了。」周宣這時候只想快點回去，陪在家人身邊，有自己的保護，他們才會安全。

魏曉晴這時又起身說道：「我還是先送你回去吧。」

周宣趕緊拒絕道：「曉晴，你就別去了，還是在家待著好些，我害怕再出事。」

但魏曉晴執意要跟著出去，魏曉雨當即起身道：

「我陪曉晴一起送你吧，有我跟著，你不用擔心。」

周宣一時啞了口，魏曉雨的身手他當然明白，她要跟著去，他也沒話說。

老李當即擺擺手道：「算了，她們姐妹要送你就送吧。李雷，你再安排兩個兵到周宣家裏，直到事情解決後再撤走。」

周宣趕緊直搖頭，說道：「李爺爺，這樣不妥，我家裏人知道會害怕的，本來沒什麼大事，反而會被嚇得出事，您老就不要安排人過去了。」

老李頓時一愣，其實他是有私心的，他是想派人保護李爲和周瑩，孫子跟孫媳婦不能不保護啊。

李雷明白他老子的心意，見到老李發愣，趕緊打圓場：

「這樣吧，我安排幾個人過去，不到小周家裏，就在外面，在社區外監控，跟社區的保全講好，以社區警衛的方式出現，這樣就不會引起你們家人的懷疑了。這幾天也最好不要讓家裏人出門，你家裏需要上班的幾個人，我會額外安排人手跟著。這些你就放心好了，我派的人都是能手，保證不會讓你家人發現，也不會讓他們受到傷害。」

李雷的話，周宣自然相信，他要找的人，自然是部隊裏最強的好手，那些人可是遠比警方系統的人要強得多，真要比較起來，警方的保護力肯定是不如軍人的，有李雷的安排，那自然是最好的。

李雷同時又安排了一個警衛跟魏曉晴、魏曉雨姐妹一起送周宣回家，開的是軍用吉普，在別墅門外，那名警衛把李雷的車開過來後，周宣本要坐到前面，給魏曉晴一把抓住拖上了後排，魏曉雨怔了一下，然後默默地坐到了前排。

其實魏曉晴是故意的，反正不能跟周宣在一起，要愛就愛，要恨就恨，再也不想隱藏心意了，既然也不求周宣對她有承諾，也不在乎天長地久，那能跟周宣獨處的時候就絕不放過。

周宣現在不像以前那樣，經歷的多了，對感情的事也想得透了，對魏曉晴姐妹倆也不再排斥，既然不能給她們承諾，但總要求心安吧，只要對得起盈盈，對得起良心就好。

警衛開著車，魏曉雨臉朝著前面，身子動都不動一下，生怕妹妹會生氣。

魏曉晴什麼都不顧，只是摟著周宣的手臂依偎著，管他是天塌下來還是地陷下去，世界末日也好。

在門口站著的老爺子默然無語，兩個孫女的心事他又何嘗不知道？只是以他那樣的老經驗都無能爲力。一邊是他的兩個親孫女，一邊是他不可能會動手腳的忘年交，他的救命恩人，他無論用什麼方法都不可能解決這件事，只能是順其自然，任由發展了。

「唉，」老爺子嘆息了一聲，心想兒孫自有兒孫福，由得她們去吧，他老了，管不到，也管不了啦。

老李當然明白，也嘆了一聲，嘴裏念道：「多好的兩個女娃子啊。」

老李的警衛開車把周宣送回到宏城花園，周宣下了車後，示意他們回去的時候小心些，當然，他擔心的是車上的魏曉晴和魏曉雨姐妹。

這次，周宣沒有邀請魏曉晴姐妹二人到家裏坐一坐，逕直往別墅走去。

進客廳裏，看到傅盈正陪著祖祖，劉嫂在看電視，老娘在剪紙花喜字，這才鬆了一口氣，又給古玩店和周氏珠寶公司等兩個地方打了電話，知道弟妹老爸都安全無恙，才放了心。

當然，周宣打電話也跟平常一樣，隨便問一下無關緊要的小事，主要是知道弟妹老爸都好就行了，事情的真相自然是不敢說的，而且老爺子也已經有準備了，警方和軍方的特警都會出動，對付安婕的手下應也不是什麼難事，所以倒不是很擔心。

老爺子出手，的確讓周宣放心許多，這等手段，別說是安婕，就算是安國清復活，也無法相抗。

想到這裏，周宣又覺得不應該對安婕手軟，俗話說得好，龍生龍，鳳生鳳，老鼠生的兒子會打洞，以安國清的本性，他生出來的女兒，從骨子裏便繼承了安國清那種自私又貪婪的本性。

周宣一大早就出去了，到現在才回來，老娘一見到他就低聲埋怨著，好在有傅盈在場，也就用極輕的聲音嘀咕幾下就算了。

周宣裝作無事一般，陪著大家坐著閒聊了一陣，然後才上樓到自己房間裏，把保險櫃打開，檢查了一下九龍鼎的碎片，然後拿了出來。

碎片還好好的在那兒，周宣想了想，把這些碎片分成了好幾份，留了一份在保險櫃裏，然後把剩下的用塑膠袋裝好了，下樓後往門外走去。

金秀梅詫道：「才剛剛回來，又要到哪裡去啊？」

周宣甩了甩手裏提的塑膠袋，說道：「不到哪裡去，有些垃圾要扔掉。」

客廳裏幾個人都不再注意，扔垃圾是很正常的事，周宣既然不是出門，那也沒必要再問什麼。

周宣走到別墅大門外，左側五六米處就是一個垃圾桶，有蓋自動的那一種，周宣提著袋子左右瞧了瞧，因爲這裏是獨立別墅區，除了社區裏的保安還有清理垃圾的工人，一般是不會有別的人來的。

周宣看看周圍沒人，便蹲下腰，把下水溝的水泥蓋提了起來，然後運起冰氣異能，把下水溝底轉化吞噬出一個深達兩百米的深坑，但大小卻只有大拇指般，接著又把九龍鼎的碎顆粒從坑表面處傾瀉下去。

用異能就探測得到，九龍鼎的碎粒全部沉到兩百米深的地底中，接著，下水溝中的淤泥和髒水便灌了進去，灌滿後，表面就再也看不出來什麼異樣了，而且，這麼髒的地方，又有誰會掀開來檢查？

在自家門口，又是社區中，一般來說，不可能被人發現，即使有人想找，那兩百米深的地底下，要動工挖也不是小工程，無論如何都不可能偷偷挖的，也不是隨手就能挖得到的，所以周宣也安了心。

把水泥蓋子蓋好後，周宣把塑膠袋扔進了垃圾桶中，又瞧了瞧四周，沒有人，想必安排過來的軍警便衣人員都守在別墅幾個重要的地點，因爲周宣說了不能讓家裏人知道，所以隔得遠遠的，只是管制不認識的人進入到別墅區。

周宣剛才把九龍鼎的碎片處理了四分之三，保險櫃裏僅剩下四分之一，也不用擔心，就算給別人偷走，也沒有什麼用，當然，即使偷到全部碎片，估計也沒有多大用處，把它分散處理掉，只是讓自己更加放心一些。

九龍鼎說到底，就是一個時光穿梭的機器，被打碎以後，肯定就不可能還有原來的效用了。

不過，周宣心裏又有些心酸，倒不是可惜九龍鼎被毀掉了，而是知道九龍鼎一被毀掉，那盈盈就永遠不可能再變回自己想要的那個盈盈了，雖然目前盈盈已經明確回答過會跟自己結婚，但周宣依然覺得心裏有些空蕩蕩的，很難受的感覺。

想必這都是命中注定吧。

周宣快快地回到客廳裏，祖祖來到這兒一個多星期了，似乎有些水土不服，吃也吃不下，傅盈有些擔心，想帶祖祖到醫院看一下。

之前一直是傅玉海堅持不到醫院，但這幾天一直吃不下東西，但又沒有明顯的病症，所以傅盈也沒有一定要祖祖去醫院，但說不擔心那是假的。

周宣用異能探測了一下，知道傅玉海是水土不服，有些氣虛，當即說道：

「祖祖，不去醫院也行，我給您老捏一下穴位。」

傅玉海以前是給周宣治過的，那次是在紐約，周宣暗中幫他醫治的，傅玉海和傅家所有人都不知道實情，所以傅玉海笑笑道：

「周宣，你還會捏穴位？」

「以前在老家跟武當山的老道士學過一丁半點，大病肯定不行，但治點頭痛腦熱，感冒發燒的小病是沒問題的。」周宣也是睜著眼睛說瞎話。

傅盈怔了怔，馬上想起周宣身有異能的事，倒是真有可能把祖祖的小病治好，所以也沒再說話。

周宣把傅玉海的雙手捏住，然後用異能把他全身細胞激發改善，傅玉海在一瞬間就感覺到一股熱流在自己身上流動，所經過的地方便覺得暖洋洋的極是舒服，跟著睡意濃濃，忍不住沉沉入睡了。

周宣擔心傅玉海年紀太大，所以異能運得不太猛，但傅玉海的身體被改善的程度比以往哪一個人都要來得強。

他的身體在加強堅固的同時，腦子裏相應也感覺到了疲軟，因而忍受不住就昏睡過去。不過，這一覺只要再次醒來，那身體的感受就會遠爲不同了。

周宣這一次對傅玉海的身體改善程度幾乎是達到了頂峰，以後就算是再對傅玉海運起異能改善，那也沒有什麼效用了。

以前那一次，周宣自身的異能遠不如現在的深厚強大，而現在的異能是冰氣異能和九星珠的太陽烈焰能量結合的新異能，而這兩種能量都能讓人身體達到最佳狀態，從而延年益壽，所以，傅玉海這一次的改善，身體幾乎可以說是回到了六十多歲的狀態，直接年輕了三四十年，這是任何人都不可能想像的。

不過這些情況，其他人自然都是不知道，就算是傅玉海自己，也想像不到，他只覺得自己身體強壯了，有活力了，卻不知道到底是什麼原因。

周宣鬆開手後，見傅玉海睡著了，輕輕叫了一聲也不見回答，就趕緊到樓上找了一條毯子來蓋在他身上。

金秀梅一見，趕緊把電視聲音調到極小，然後又對劉嫂低聲說道：「做事小聲一些，別吵到了老人家。」

周宣之所以沒有扶傅玉海到樓上房間中去睡覺，是因爲老人家的入睡，是他用異能促使的，在睡夢中恢復最有效果，要是一扶他，說不定他馬上就會醒轉過來，讓他就這樣睡到自然醒才是最好。

傅盈看到周宣對祖祖的關心，心裏一熱。周宣雖然不大擅長表達自己的情感，但那些自然的動作，處處表露出了他的本性。傅盈也相信周宣對她的情感是真的，但心裏卻依然有一絲淡淡的惆悵，她這一生，難道就這樣過下去了？

周宣瞧著傅盈凝望著電視發癡的表情，心裏有些發痛。傅盈的目光呆滯，顯然沒有在看電視，而是在想心事。

自己要用一生去愛護的人，卻永遠也不可能知道他們之間的那一段刻骨銘心的愛情經歷，這讓周宣的心痛時時刻刻都會莫名發作。

金秀梅之前也略有些察覺到傅盈的某些不正常，但後來就不太注意了。年紀大了，又把心思放在了準備婚事上面，對傅盈的一些反常也就扔在了腦後。再說，像她這樣的鄉下婦女，又哪裡懂得了那麼多愛情的事？

周宣惆悵地回到自己的房間中，心靜不下來，練了幾小時的異能，還是睡不著覺，到最後還是老辦法，找了一本古玩方面的書躺在床上看，這才在不知不覺中睡著。

接下來的一個星期中，周宣都在家裏陪著家人，在這一周當中，他也不知道安婕那邊是什麼情況，但沒接到老爺子的電話，所以也不敢放鬆防備的心理。

其實，就在第二天早上，安婕所有的銀行資產就都被凍結了，她在京城沒有了任何經濟來源，從鳳山那邊給她打來的急電，讓安婕著了急。

一開始，她並沒有想到這是周宣的動作，因爲她與鳳山那邊的關係特殊。只是在京城使用銀行卡時發現不能使用，安婕很是奇怪，又接到了下屬彙報的電話，說是地方上的部門幾乎同時發難，公司的正常運行受到了毀滅性的打擊，因爲查出來許多非法情事。

這些年，安國清的公司瘋狂發展，有很多重要項目的物資是靠走私來的，偷漏稅更是高達十億計，之所以一直安然無恙，主要是與地方的官方關係太好。但是，這樣的事除非不出紕漏，一出事，必然是如火星引爆炸藥庫一般。

安婕驚怒之下，趕緊給那些得了好處又關係密切的重要部門人物打電話，只是電話撥過去後，對方要麼是不接，要麼是馬上關機。安婕知道，果然是出事了。

在京城再待了兩天，這兩天安婕連門都不敢出，只是等待老窩那邊安排查探的手下彙報情況，兩天後，手下的彙報讓安婕心底冰涼一片。

她手下通過各種關係打探到，這次突然降臨的災難並不是偶然的，而是針對安氏的專門行動，而地方上的最高領導也不敢說話了，聽說是從省裏直接下達的徹底清查安氏的命令，而從省裏得到的消息又說，是京城方面下達的命令，地方上完全無法插手。

從這些模糊的消息中，安婕可以感覺到，安氏完了。

這是上面要整治安氏集團，如果安氏沒有違法的事，那她還能力爭，但這一清查，就查出了太多的東西出來。目前，大家都是人人自危，談安氏色變。以前安氏是個大金主，但現在的安氏卻變成了一個大刺蝟，誰都不敢碰，一碰就會把自己刺傷，只有遠遠避開才是最好的辦法。

因為安婕在京城這邊並沒有活動，所以京城警方倒是沒有查到她的地址，但切斷她的經濟來源，已經限制了安婕再做別的事。

心有不甘的安婕終於忍不住返回老家，想挽回敗局。

想想自己手中可是掌握著上百億的資產，這麼龐大的經濟體和資金，從地方上來說，她的安氏財團可以說是極其重要。所以，安婕相信，權衡利弊，地方上應該不會把她逼到絕處，這對地方經濟發展，尤其是對地方官員的政績來說，是會有相當大影響的。

安婕還是有幾分自信的，因爲她相信，這世界上沒有用錢解決不了的事情。

不過這次，她的確失算了。在回到老家的第三天，安婕就被抓捕歸案了，而且，舉報她的就是她的手下。

老爺子這邊沒給周宣回話，是因爲安婕那邊牽扯太廣了。沒想到把她一抓住，後面扯出來的人，幾乎把地方上的官場翻了一個遍，形成了一場官場大震動，就連省裏也受到了很大的牽連，畢竟，安氏這些年形成的利益圈子實在太龐大了。

安婕沒想到的是，這次，她踢到鐵板上了。不僅僅傷到了自己，而且使得安氏企業受到了毀滅性的打擊。

根據老爺子得到的消息，安氏企業的負責人已經被立案偵查，安婕已經被收押，不可能在短期內出來，而且按照研判結果，安婕最少會被判十年以上有期徒刑。當然，這也源於老爺子京城這方面的壓力。

一個星期後，老爺子才把結果告知周宣。

周宣大喜，能把安婕這個瘋狂的女人解決了，就等於把他最擔心的一件事給解決了。目前來說，周宣感到擔心，會給他家人和親朋帶來危害的，就只有安婕了，安婕的事一解決，所有的緊張情緒就一掃而空了。

婚期臨近，在二月十二那天，傅盈的父母傅玨夫妻到了京城。不過，傅盈的爺爺傅天來還沒到，因爲公司的事太繁忙，他要到最後一天才能過來。

在傅盈的表哥喬尼設下陷阱，偏又因爲周宣的干涉而讓事情敗露後，傅氏的所有經營項目都掌控在傅天來和傅玨父子手中，所以自然也忙得多了。

傅天來倒是想把傅氏的經營權慢慢移交給周宣，但周宣絲毫不動心，而是帶著傅盈回到國內，過他自己的逍遙日子。

傅天來也沒有辦法，之前已經把股份轉移給了周宣，但生效的期限是他必須和傅盈結婚之後，所以，傅天來也想趁這次周宣和傅盈結婚後，再對他施加點壓力。

周宣雖然說對經商不感興趣，但傅天來可不是個簡單的人，通過詳細的調查，周宣在國內幹的事他都一清二楚，在一年的時間中，能從一個身無分文的窮小子變成一個身擁百億資產的大富豪，證明了他有足夠的能力領導傅氏這樣的大財團。

因爲周宣有別人沒有的特異能力，這也是讓傅天來最爲放心的地方，他相信周宣絕對能夠讓傅氏在手中發揚光大，就算沒有進步，那也不會讓傅氏消亡。

常言道，打江山難，守江山更難，傅天來十分清楚這個道理。如今世界格局變幻莫測，大財團已經不再局限於一個地區或者一個國家，與國際形勢早已緊密相連，一次大的金融動盪，或許就會讓一些國際大財團煙消雲散，這樣的事現在並不少見。

傅玨夫妻到了周宣家裏後，金秀梅跟周蒼松夫妻倆都忙了起來。

傅盈的爸媽跟她和周蒼松老夫妻倆明顯不是一個層次的人，但傅玨夫妻沒有一點不適應，還是很和善。金秀梅這才放了心，看來傅盈的家人是真的不反對這門親事。

傅玨夫妻又聽說了魏家也在準備傅盈的婚事，魏海河認了傅盈作乾女兒，傅盈要從魏家出嫁，當即將一張十億的現金儲備銀行卡交給魏家，作爲他們準備婚禮和嫁妝的酬勞。

魏海洪當即拒絕了，笑道：

「我們雖然沒有傅老哥你那麼財大氣粗，但也是有些頭臉，盈盈在我們家出嫁，那就是我們自家的女兒一樣，嫁妝雖少，卻應該由我們來準備，你們要給錢，那就給盈盈吧，就當給她的零用錢。」

傅玨夫妻有些無奈，卻也知道像魏家這樣的身分並不是由他們隨便指派的，雖然無奈，但同樣也很高興，女兒在國內有魏家這樣的靠山，肯定不會吃一丁半點的苦頭了。同時，這也證明女婿周宣的能力並不簡單。

但凡像魏家這樣的家庭，能真心交往並能當成自家人的，都會是有些分量的人，也就是說，只有雙方的能力在同一等級時，才會得到尊重。

老爺子也有些朋友，是過命的交情，但到了下一代，也就是魏海洪兄弟這一輩中，感情就淡得多了，唯有周宣這樣的人，才是他們一直看重的目標。

傅盈在傅玨夫妻到來的那一天，就被魏海洪接到了他二哥家準備婚事了。周宣一下子見不到傅盈，忽然覺得有些不習慣。說起來，婚事雖然忙，但事到臨頭，他卻沒有半點忙的感覺，所有的事都不需要他出手，甚至都沒有人來問他。

周家的事都是李雷父子、周瑩周濤兄妹和傅遠山在主持，把周宣早晾在了一邊。周宣很無聊，終於盼到了與盈盈的大婚之時，卻沒有半分喜悅的心情，真的要結婚了麼？

想想之前與傅盈那些情深意重的往事，傅盈的害羞都讓他回味無窮，可現在，那些美好都成了一種可望而不可及的奢望了。傅盈雖然同意了婚事繼續，但周宣卻知道，他跟傅盈之間那些親密無間的愛戀已經回不來了。

第四十五章

大喜之日

一進客廳後，他的眼光就落在了傅盈身上。
今天的傅盈，當真是漂亮得無法形容，一身雪白的婚紗，
新娘妝比電影電視中的明星還要漂亮一千倍一萬倍，
羞羞地低垂著臉，不敢抬頭看人。

九點鐘，李爲就來帶周宣去做新郎妝。這一次，李爲開的是周宣的那輛布加迪威龍。在車上，李爲洋洋得意地道：「今天這車該發揮它的魅力了。」周宣嘿嘿笑著。

李爲帶周宣去的，是一間很有名氣的店，周宣本身是很不屑做這些的，但今天他是新郎，一生中也就這一次，雖然不自在，還是忍著。

因爲李爲的派頭很嚇人，就衝他開來的那輛布加迪威龍就夠鎮住人的了，價值五千多萬的豪華跑車，可不是一般的富豪能開得起的，於是，老闆也派了他們店裏最有名氣的化妝師出馬。

一直到十一點才化好，花了兩個小時。兩個人回到別墅後，別墅大門前已經熱鬧非凡，打下手的全是李雷從部隊裏挑出來的士兵。

宴席是在京城大飯店舉行，場面很大，京城大飯店所有席位都給包下來了。李雷早準備了二十輛小車，專門往來接送。

實際上，這個婚禮有一大部分是按照老一輩婚俗習慣，一小半則參照了西方的習俗。在家門口那一條兩百米長的花園路上，已經停滿了各式各樣的豪華禮車，僅是去迎親的名車就多達四十輛，周宣平時還沒見過這麼多豪華名車聚在一起。

周宣呆了呆，問李爲：「李爲，哪裡找來這麼多好車？」

李爲啐了一口，說道：「我的大哥，你也太瞧不起你自己了吧？以你的身家和身分，這些車又算得了什麼？再說，你也不想一想，漂亮嫂子又是什麼身分？我魏家二叔小叔他們又是什麼身分？準備得差了，不僅掉我們的面子，也掉他們的面子啊。」

「趕緊走吧，今天還得準備跟那邊的人開仗呢。」

李為直催著周宣，迎親的人早準備好了，有張老大、趙俊傑這幾個周宣的家鄉兄弟，還有公司的夥伴許俊誠，以及周宣在香港認識的朋友顧園等等，剩下的就是李為的死黨了，這一夥太子黨，都是些把天捅破了都不知道害怕的人。

「開仗？開什麼仗？」周宣怔了一下，問著李為，今天是結婚的日子，還要開什麼仗？

李為嘿嘿笑道：「我的大哥，看來你真的是第一次結婚，男方迎親，女方那邊，也就是新娘的死黨，是會處處設障礙為難你的。我們想要把漂亮嫂子娶回來，就得跟她們鬥法。」

「切……我不是第一次還是第幾次結婚啊？」周宣沒好氣地惱道。

李為嘿嘿笑著，訕訕地不好意思說：

「我說錯了，我不是那個意思，你當然是第一次，也是最後一次，你和漂亮嫂子是天造地設的一對，金童玉女，金玉良緣，郎才女貌，百年好合，白頭到老，乾柴烈火……」

「閉嘴！」周宣聽著李為一陣瞎扯，越說越離譜，趕緊制止了。

迎親的車都準備好了，張老大過來催道：「別瞎扯了，快到中午了，抓緊時間！」周宣這才上了車。

他上的是一輛加長的悍馬車，超過十二米，在迎親隊伍中，尤其顯得氣派。

在車上，李爲陪著周宣，迎親的四十輛車幾乎佔據了兩三百米的長度，迎親隊伍超級龐大。

李家、周家以及傅盈自己家的四家家長都在京城大飯店，魏家除了魏海洪和魏曉晴姐妹外，其他人也都到了京城大飯店。

在魏曉晴家，今天的關口檢查也寬鬆了許多，當然，只是對迎親隊伍放鬆了檢查，其他車輛照舊，檢查的反而更嚴格。

在魏海洪的別墅門外，迎親的車輛從別墅門口排到了社區綠化花園的車道上，停好車後，李爲陪著周宣進了別墅。

客廳裏有七八個人，除了魏海洪和薛華夫妻外，還有魏曉晴魏曉雨姐妹、傅盈，還有好幾個盛妝的女孩子，看樣子，個個都是一臉的橫相。周宣心裏十分忐忑，要是這些女孩子玩狠的，他還真不知道要怎麼對付。

不過，一進客廳後，他的眼光就落在了傅盈身上。今天的傅盈，當真是漂亮得無法形容，一身雪白的婚紗，新娘妝比電影電視中的明星還要漂亮一千倍一萬倍，羞羞地低垂著臉，不敢抬頭看人。

在傅盈身邊，魏曉晴和魏曉雨姐妹同樣的美麗，只是衣著上自然不如傅盈顯眼，任誰都沒想到，今天周宣的婚禮竟然有兩個伴娘。

李為呆了一陣，這才捶胸頓足地道：「這一下失算了，你們怎麼不按規矩來？誰說會有兩個伴娘的？」

魏曉晴哼了哼說道：「我們想幾個就幾個，你管得著嗎？」

李為一時啞了口，別看他平時耍橫，但面對魏曉晴姐妹，還真沒他說話的份，要是別的女子，他還能一較高低，順便調戲一番，但換做是魏曉晴姐妹，給他膽子他也不敢啊。曉晴有兩位老爺子撐腰，惹到她，自己肯定有苦頭吃，而魏曉雨，李為就更不敢惹了。

惹到魏曉晴的話，就算有苦頭吃，也是之後的事，還有逃的機會，但是惹到魏曉雨的話，那就是當場淒慘了，以魏曉雨的身手，李為就算是帶了十個二十個死黨，也是不敢去招惹她的。

李為呆了一陣，眼珠子一轉，趕緊道：

「宣哥，時間不早了，漂亮嫂子，還是上車吧，大傢夥兒都等著呢。」

「誰說這樣就可以走了？」另外那三個女孩子當即攔了上來。

這些自然是故意裝的，可不管是真橫還是假橫，周宣和李為是不能跟她們計較的，這可不是生死關頭遇到的那些對手。

周宣站住，發起怔來，對付女孩子可不是他的長處。

傅盈此時卻是低著頭，一句話也不說，連眼睛也不抬一下。魏曉晴和魏曉雨也都是咬著唇，挑釁地看著。

李爲看到周宣一點氣勢也沒有，直皺眉，看來，今天只能靠他來護駕搏命了。

「你們想怎麼樣？有條件開出條件來，要錢給錢，要人我給人，一對三也行。」李爲橫下心，索性跟這幾個女孩子耍起無賴來。

三個女孩子一愣，沒料到對方的伴郎這麼不講理，甚至不太文明，說話也夠毒，瞧他那得意樣兒，還要一對三！

李爲是抱著耍橫的心思的，要是這三個女孩子來硬的，他就準備用蠻力拉住她們三個，讓周宣把傅盈趁機帶走，等到外面上了車，就不怕這幾個小妞玩陰的了。

不過，李爲最擔心的還是魏曉雨魏曉晴姐妹，若是她們兩個也橫插一手的話，他就算捨了一身的肉也攔不了啊。魏曉晴倒罷了，那個可怕的魏曉雨，只要伸一根小指頭就能把他打倒了。

李爲的話，把三個女孩子惹火了，愣了一下，當即散開來，叉著腰擋住去路，其中一個女孩子還從背後拿過一瓶定型液，衝上前就對李爲噴。

李爲哪料到她說動手就動手了，啊喲一聲，眼睛辣辣的，一下子就睜不開了，眼睛見不到東西，哪裡還有還手之力？

三個女孩子在李爲身上又扭又推的，把李爲推到了門外，李爲在門外打了一個滾，爬起來後，抹乾淨了眼睛上的定型液，好一會兒才睜開紅了的雙眼，喃喃地惱怒著，可又不敢再進去，再進去的話，肯定會再受到這三個女孩子的惡搞，想他李爲英雄一般的高大形象，今天竟然在這兒吃癟了。

外面迎親的人都好笑，眼見李爲灰溜溜地出來，一副狼狽樣，看來這一關不好過啊。

周宣看到李爲吃了虧，也沒有辦法，他不能上前幫忙，那三個女孩子把李爲轟出去後，瞧了瞧周宣，倒是沒有上前對他動手，只是橫豎地盯了幾眼後，各自忍俊不禁地笑了起來。

周宣訕訕地瞧著她們六個人，然後才小心地問道：

「各位姐姐，我很害怕，你們就不要爲難我了，今天放過我吧，要吃要喝隨便開口，由你們挑，由你們選，好不好？」

那個朝李爲噴定型液的女孩子笑嘻嘻地道：

「你還算明理，不過，那個傢伙太可惡了，要這麼放過你是不行的，我想想啊，各位……」

這女孩子說著，又轉頭瞧著其他幾個，笑問道：

「各位姐妹，你們說說看，要讓他怎麼做？」

另一個女孩子也忍不住笑道：

「要做什麼呢……讓他……讓他……抱著新娘子唱歌好不好？」

「好好好，就讓他抱著新娘唱歌吧。」另一個女孩子拍著手贊同。

周宣愁眉苦臉的，這些女孩子眼下似乎根本不給他任何面子，而傅盈一句話也不說，當然，就算她肯說，想必也沒什麼用。

重要的是，魏曉晴和魏曉雨姐妹倆一直沒發話，也不知道她們意下如何，要是她們兩個也要爲難他，那就麻煩了。還有那個混蛋李爲，被趕出去後就不再進來了，把他一個人扔在這裏。

「要唱歌啊？」周宣瞄了瞄傅盈，卻見她頭低得更低了，幾乎瞧不到她的臉蛋。

周宣心一橫，實在過不去，抱就抱，唱就唱吧。

周宣是準備隨便哼一個就糊弄過去，卻見魏曉晴咬著唇哼了哼，說道：

「哪有那麼容易？得讓我滿意了才能把人帶走。」

周宣怕的就是魏曉晴和魏曉雨發難，要是她們姐妹倆個跟他瞎胡鬧，自己還真是沒有辦法應付。

「曉晴，你又要什麼條件？」周宣無奈地問道。

魏曉晴伸出手，然後說道：

「第一個條件，先拿八百八十八元的紅包來。」

「行行行。」周宣馬上鬆了一口氣，如果是這樣的條件，那倒沒問題，說著，當即伸手到衣袋裏一掏，這一掏卻是呆住了。

衣袋裏空空的，哪有半毛錢？連錢包都沒有帶。周宣這才想起，今天他是新郎，全身都是新行頭，哪有帶錢包什麼的？

一急之下，趕緊叫道：「李爲，李爲，快拿錢來。」

不過，叫了半天也不見李爲進來，周宣到門口一看，卻見李爲在門外探頭探腦不敢動，頓時惱道：「幹嘛呢，叫你都不應……」

李爲訕訕地低聲道：「屋裏那幾個母老虎，我進來也是白搭，我想了，我還是在外面守著，不讓她們有幫手進來，也算替你分了一半的心。」

「去你的，沒義氣。」周宣頓時沒好氣地啐道。

周宣也懶得再跟他多說了，伸手道：「拿錢來，快點。」

李爲詫道：「要什麼錢？」一邊說一邊掏著，不過手伸進衣袋後一樣也愣住了，今天他是伴郎，全身也是換的新裝，哪有零錢帶在身上？

「沒零錢……」李爲手一攤回答著，又問道：「要零錢幹什麼？」

周宣很是惱火，當即對張老大招手道：「張老大，有零錢沒有？趕緊拿錢給我。」

張健是結過婚的，心知可能是要紅包的，趕緊一摸身上，也是尷尬不已，今天出來都是換了全新的衣服，哪裡有帶零錢？

李爲趕緊朝開車來的四十多個人叫道：「誰有帶零錢的，趕緊拿出來。」

現場一聲令下，這些人大部分都是李爲的死黨，都是些眼高於頂、目空一切的紈褲子弟，誰都沒料到還要用到現金，四十幾個人，身上竟然都是衣袋空空，只有信用卡，一毛錢零錢都沒有。一個個大眼瞪小眼，在別墅門外發起愣來。

也怪李雷沒有多少經驗，兩個兒子結婚，他都沒管事，所以今天沒料到這麼多，沒有準備零錢。迎親的行動差不多就是李爲指揮，這傢伙又哪有這方面的經驗？

就一個八百八十八元的紅包就困住了所有人，周宣額頭都滲出汗水來了，平時從沒被錢難住過，今天倒真是一文錢難倒四十英雄漢了。

張健脖子一粗，叫道：「咱們幾十個人都是吃白飯的啊？就是搶也得把新娘子搶回去，不就幾個小妞嗎？李爲，我們倆進去，把人搶出來！」

李爲當即把頭搖得跟撥浪鼓一樣，連連道：

「張老大，要去你去，我在外邊給你殿後，爲你掃除後顧之憂！這對付幾個小妞的事嘛，就交給你了！」

李爲知道裏面有魏曉雨，要動粗的話，哪怕他們有四十個人，卻都是中看不中用的傢伙，只怕是進去一個就給魏曉雨扔出一個來，免不了是自討苦吃。

要跟魏曉雨這樣的人硬來，四十個人一起上也不是她的對手，自己被弄傷不說，另外那三個橫妞再給你噴灑點辣椒水什麼的，苦頭就吃得更大了。這個虧，李爲剛經受過，可不想再嘗了。

不過，其他人要是想進去的話，李爲可是不反對的，只有他一個人吃這個虧也不公平，而且傳出去的話，於他英名有損，最好是大家都吃個虧回來，以後自然就不會有人再說這件事了。幾十個大男人被幾個女孩子整治得狼狽無比的事，任誰也不會說出去的。

張健哪知道李爲的鬼心思，想也不想就跨進屋裏，心想，不就幾個女孩子嗎，扭扭搡搡的，那還不是占點肢體便宜？有啥不好幹的？只是奇怪了，李爲怎麼如此膽小？

周宣知道不好，趕緊跟了進去，叫道：

「老大，慢……慢點……」

話沒說完，就見張健給兩個女孩子一左一右地抱著手臂，然後，中間一個人就朝他狠噴辣椒水，張健頓時叫了一聲，眼睛辣得難受，雙目不能見物，趕緊往後一退。那幾個女孩子就把他順勢推到了門邊，然後又推到門外。

張健絆了一下，在門口打了幾個滾才爬起來，也如李爲一般狼狽地滾了出去。

李為把張健拖開幾步，然後讓他自個兒擦乾淨了眼睛。張健惱怒地瞪著李為，見李為一雙眼睛也是紅得跟兔子一樣，頓時想起，先前他也是在門口打了幾個滾，這才明白，為什麼剛才他怎麼也不肯跟自己進去，惱怒了一陣又忍不住好笑起來。

兩個人你望我，我望你地互看了一會兒，又嘻嘻哈哈地笑了起來，然後再瞧向隨來的隊伍，幾十個人都看出了名堂，笑呵呵地盯著他們兩個。

李為摸了摸下巴，然後說道：「兄弟們，講不講義氣就看現在了，夠兄弟的，上！」幾十個人卻是沒有一個人動。這當兒，誰跟他講這個義氣？估計是哪個進去哪個遭殃。

眼看著張老大也被狠狠地整了出去，周宣苦笑著，瞧了瞧，見到在角落那邊坐著一聲不吭的魏海洪，心裏一動，當即道：

「洪哥，你……你借點錢給我吧。」

魏海洪瞄了瞄周宣，嘴唇動了動，手慢慢伸向衣袋，卻見魏曉晴狠狠地道：

「小叔，今天你是盈盈娘家的人，怎麼能反手向著外人？你要給了這錢，我就跟你沒完！」

魏海洪訕訕地道：「我怎麼會給他錢呢，你看小叔，今天身無分文的，哪裡有錢給他？」

魏海洪一臉訕訕地表明了立場，周宣倒真是無可奈何了，又瞧見魏曉晴咬著唇，很是挑釁地望著他，雖然沒有說話，但意思很明顯，今天想輕易過她這一關，可沒那麼容易。

另一邊，那三個女孩子似乎有了經驗，手裏拿著武器，有一個女孩甚至還拿了辣椒水，看來要想過她們這一關是不容易的，更別說還有一個魏曉雨了。

別看今天是喜事，魏曉晴、魏曉雨姐妹倆是伴娘，但臉上神色幽怨深重，要趁這個時候發洩怨氣也不是不可能的。周宣明白，這回是碰到槍口上了。

現在，連魏海洪也不站在周宣這一邊了。周宣沒有辦法，退了幾步到門邊，然後對李為說道：「李為，趕緊回去拿錢過來！」

看來，這個買路錢不給是過不了關了，得趕緊籌辦才是，否則時間就不夠了。耽擱了這麼久，眼看快過吉時了，人卻還沒有離開家門。

好在那幾個女孩子還只是對其他人動手，不允許別人進來，對周宣還是手下容情的。當然，這也僅限於周宣不對她們動硬的前提下，要是周宣也動手要帶走傅盈的話，恐怕就不是這個樣子了。

李為眨了眨眼，然後說道：「不行，我們今天是來迎親的，沒接到新娘子就回去，這兆頭不好。」

周宣惱道：「你知道什麼，還不妥，再快不解決就把你弄進屋裏，讓她們糟蹋！」

李為嘿嘿笑道：「我的大哥，你就知道難為我，我已經盡力了，要不，你下次在我結婚時狠狠整我吧……」

不過，說到這裏，李爲馬上就按住了自己的嘴巴，他的新娘子可是周宣的親妹妹，他又怎麼會不來鬧他？

周宣倒是沒有注意到李爲的話，只是瞧著眼前的幾個女孩子發愁。

而周宣覺得心裏極爲難過的是，傅盈只低著頭坐在那兒，一開始還略有些羞澀的樣子，後來卻是茫然地發著怔，似乎根本不理會一旁發生的事。這又哪裡有一絲半分的結婚喜氣？如果把這種心情的盈盈娶回去，周宣覺得她會開心嗎？

魏海洪雖然以婉轉的語氣拒絕了周宣，但卻暗暗向妻子薛華遞了個眼色。薛華會意，立即回身上了樓，到二樓房間裏拿了兩萬塊現金，然後悄悄到陽臺上，向李爲招了招手。

李爲和張健幾個人瞧見薛華手上拿了兩疊百元大鈔，當即明白她的意思，趕緊閉著嘴到了近前。薛華把錢和貼著雙喜字的紅包袋扔下去，李爲跟張健兩個人趕緊往紅包裏裝錢。

裝好錢後，李爲拿著紅包袋，伸進去一隻手，叫嚷道：「各位姐姐別動手啊，我不進來，我是送紅包的，千萬別傷害我啊！」

一看到李爲伸進來的手中拿著一疊紅包，那幾個女孩子也就沒對他動手，但李爲卻是不進去，只在門邊晃著。周宣只得自己拿了進來，把紅包發給幾個女生。

那三個女孩這才笑嘻嘻接了紅包，把武器放下，然後又說道：

「現在第二個條件，新郎官抱新娘子唱歌，唱得滿意我們才放人出去，唱不滿意不放人。」

周宣一聽，這個條件是之前說過的，也不覺得太爲難，於是慢慢走上前去。三個女孩子拍著手叫道：

「抱起來，抱起來，KISS，KISS！」

周宣彎下腰，伸出手，抱起傅盈，只覺得傅盈身子一顫，臉色煞白。

周宣伸嘴輕輕吻在傅盈的唇上時，只覺得傅盈的嘴唇冰涼，沒有半點反應，眼光掠過傅盈的臉上，傅盈的眼神恍惚，似乎他抱著的是一具沒有思想的植物人一般。

另一邊，魏曉晴和魏曉雨姐妹倆也是臉色煞白，四個人的表情在這一刻都是怪怪的。只有那三個女孩子還在使勁地拍手，叫鬧著。

周宣轉身準備要走，那三個女孩子手挽手攔住了他的路，叫道：

「唱歌，唱到我們滿意爲止！」

周宣想了想，思索了一下，當即運起異能改變喉結處的聲道，開口唱道：

「你問我愛你有多深，我愛你有幾分，你去想一想，你去看一看，月亮代表我的心……」

三個女孩子大吃一驚！周宣的歌聲圓潤渾厚，唱出來的聲音跟張學友一模一樣，而且更有味道，心下不禁都吃驚得不得了。

周宣也沒想到自己會唱得這麼好，又因爲對傅盈一往情深，幾乎把全部感情都放進了這首歌裏，於是，不僅僅是房裏的幾個女孩子，就連在客廳外面的李爲和張健等人，也都聽得入迷了，要不是沒有伴唱帶的清唱，還以爲是哪個天王在唱呢。

周宣唱得興起，異能運起，聲帶一轉，在第二段開始時，又以鄧麗君的原唱聲音唱出來。那柔和清麗的女子聲音，與鄧麗君一模一樣，頓時把所有人都驚呆了。

哪怕只是這麼隨隨便便的清唱，周宣剛剛以張學友的聲音唱出來，已經令眾人驚訝了，現在又是跟鄧麗君一樣的聲音，無論是唱功技巧還是聲音，都分辨不出哪個是周宣哪個是鄧麗君。

一般人都知道，一個人唱歌唱得好，已經是很不容易的事情了，若再要改變音質，以男唱女，或者是女唱男，還能唱得好，就是極爲困難的事了。

就連魏曉晴魏曉雨姐妹以及傅盈，這三個對周宣最爲熟悉的女孩子都不知道周宣還會這麼一手。

那三個女孩子被周宣完全折服了，心裏早已經默許周宣過關了。

周宣盯著她們三個問道：「三位小姐，可以過關了麼？」

三個女孩子只是點頭，隨即又直是搖頭。

站在中間的那個女孩子說道：

「不行不行，還得再唱，就唱兩首當然不行，得再唱幾首！」

周宣沒有反抗的餘地，只得任由她們胡來，當即又準備唱起來。

中間那個女孩子說道：「不能你自己選歌，得由我們提，再唱個……韓紅的青藏高原！」

女孩子一提出來後，才想起沒有問一下周宣會不會模仿韓紅，但估計是太難了。因爲每一個歌手都有自己的特點，要模仿者模仿一個人都很難，更別說還要模仿更多人，而且是男女都有。這種要求，讓當下最會模仿的高手都不可能辦到，想必周宣也不可能了。

那女孩子雖這樣說了，也沒有當真，就算周宣唱不出來，也不會再難爲他，就算讓他過關了。

不過，周宣不知道她們是這種想法，那女孩子一說，周宣咳了一下，定了定音，然後嘴一張，一縷清脆的女高音便從嘴裏飄了出來：

「是誰帶來遠古的呼喚，是誰留下千年的祈盼，難道說還有那無言的歌……呀啦索，那就是青藏高原，那就是青藏高原……」

直到最後那一句婉轉又升入雲端的高音唱完後，屋裏屋外的人都聽得如醉如癡，沒有誰再提起娶親的事了。

第四十六章

夢想成眞

大家羨慕周宣的運氣，娶到如此美麗的新娘，
隨著這美麗新娘子來的，還有無比巨大的巨額財產。
黃傑跟大多數人一樣，有的也只是對周宣的無比羨慕。
一個人一生能做到這個樣子，那就算是夢想成真了吧。

第三個女孩子想也不想就說道：

「再唱一個維塔斯的歌劇吧！」

一說出這話後，另兩個女孩子立刻瞪了她一眼，顯然是怪她有些過分了，周宣又不是職業歌手，剛剛把數個頂級歌手的聲音完美演唱出來，已經讓她們無比滿意了，再讓他演唱這個被稱爲世界最高音的維塔斯的歌，那也是太難爲他了。

要知道，維塔斯的這首歌劇，後面那跨越五個八度的高音，幾乎是現在世界上的歌唱界認爲無法逾越的一個高度，便好比一個人是無法徒手穿越過南北極一樣，這是人力無法達到的高度。甚至有傳說，說維塔斯是外星人，所以才能唱出這種超強度的海豚音。

周宣怔了怔，那女孩子一說，周宣在腦子裏回憶了一遍，運起異能，把聲帶轉變成了維塔斯的聲帶，然後腦中又默念了幾下歌詞的唱法。

這首歌是用俄語唱出來的，周宣自然不懂俄語，但聽得多了，也不知道是不是異能的作用，反正他聲帶一轉，那首歌的唱腔聲調便清楚印在了腦子裏。

周宣唱的時候，所有人都靜了下來，而周宣抱著的傅盈也是驚訝不已，周宣幾時擁有了這麼高超的唱功技巧？而且還是男女通唱！

想了想，傅盈又釋然了，顯然是周宣的異能在作怪吧，要是普通人，是沒有誰有這個本事的。模仿一兩個人還有可能，但剛才模仿的可是當今歌壇上最頂尖的幾個歌手，周宣一一把這幾個歌手的聲音都完美顯現了出來，就是讓他們本人來唱，也未必能唱得更好，而且重點是，就算他們親自來了，也只能唱自己的歌，沒辦法唱別人的歌啊！而周宣竟然一個人把他們全部的代表作都唱了出來，等於他一個人唱歌，觀眾卻是在聽無數頂級歌手的現場演唱會。

眾人都沉醉在周宣的歌唱聲中。這時，維塔斯的歌已經到了那道五個八度的高音上，一道清亮高吭入雲，有如海豚的尖鳴聲陡然響起：「哦……啊……啊……」

周宣以異能配合的高音似乎比維塔斯的聲音更高一截，雖然沒有音響設備，但那嘹亮高吭的海豚音在客廳中環繞衝刺，茶几上的幾隻玻璃杯「喀嚓喀嚓」幾聲立時碎裂開來。

客廳裏的人和別墅外面的人都驚呆了。

這個聲音，就是現今最專業的歌手也唱不出來。這五個八度的高音是一道無法攀越的高峰，已經成了維塔斯一個人的獨特標誌，即使有無數的模仿者，也沒有任何人能達到他的那個高度和強度。

而周宣卻是讓大家吃了一驚，剛剛那些已經夠讓他們所有人吃驚了，而現在這一曲的海豚音絕技，給他們帶來的已經不是震驚了。

周宣沒有用任何音響設備，只是清唱，高音竟然把茶几上的玻璃杯震碎裂，恐怕就算是維塔斯親臨，也不過就是這個程度吧？

不過，魏曉晴和魏曉雨雖然驚訝，但遠比其他人要好得多，因爲她們姐妹倆是知道周宣有異能的，只是不知道這異能竟然還能用來唱歌。

周宣就像一個千層鏡萬花筒一樣，在她們面前始終有無法形容的才能，永遠都是那麼新鮮。當然，這不是說周宣的心機深沉，而是指周宣的奇特能力。

周宣的性格，魏曉晴姐妹早就看得清楚，就是一個不喜歡複雜，喜歡直來直往，而又重感情的一個人，所以她們才喜歡。

看面前的幾個女孩子都捂住了耳朵，又聽到茶几上的玻璃杯碎裂的聲音，周宣終於把聲音停了下來。

一切安靜下來後，那三個女孩子已經是目瞪口呆了。

周宣趁機往前面一竄，三個女孩子仍然在迷糊中，自然閃身讓開路來。周宣哪還客氣，趕緊抱著傅盈穿過去，出了別墅。

在外面的李爲和張健，一見到周宣抱著傅盈急急躥了出來，又見到後面魏曉晴和魏曉雨姐妹倆都跟了出來，以爲她們要追周宣，趕緊把悍馬車門打開，衝著周宣急叫道：

「宣哥，快上車，趕緊上車！」

周宣自是不遲疑，跑到悍馬車門邊，一彎腰就鑽了進去，然後坐在座位上直喘氣。只是，他喘氣不是因爲累，而是因爲緊張。

李爲等周宣抱著傅盈一上車，也急急彎腰低頭往車上鑽，誰知道後背一緊，給魏曉雨將衣衫扯開來，李爲「啊喲」一聲，坐倒在地。

雖然李爲有些惱火，可對他下手的是魏曉雨，自己根本打不過她，就算背後有兩位老爺子，也是找不回場子的，只能是自己認了。

剛剛李爲的意思，是要鑽上車後把車門關了，再反鎖住，讓魏曉晴姐妹倆進不去，去坐另外一輛車。他是擔心魏曉晴和魏曉雨兩個人阻止周宣跑出來，那他可沒辦法擋住。

但魏曉雨的動作太快了，李爲沒有半分抵抗的能力，給她一下子就抓著，扔到了地上。

李爲一骨碌爬起來，神色惱怒，見到魏曉雨和魏曉晴鑽進車裏後，也只是安靜地坐在座位上，並沒有把周宣和傅盈拉下車，才鬆了一口氣，趕緊把車門一關，自個兒跑到另一輛車上去，然後探出頭來叫道：

「走！」

時間也耽擱得夠久了，李爲一叫喊，迎親車隊馬上啓程。

周宣看到悍馬車發動起來，這才鬆了一口氣，只是懷中的傅盈使勁掙了一下，低聲道：

「把我放下來！」

周宣這才驚覺自己還把傅盈抱在懷中，對面坐著的，就是魏曉雨和魏曉晴姐妹倆，她們都緊緊地盯著他。臉上一紅，周宣趕緊把傅盈放開。傅盈臉上也是紅霞一片，坐在另一邊，眼睛都不敢看魏曉雨和魏曉晴兩個人。

迎親的車太多，雖然發動了，但卻是走得極慢。

在悍馬車上，周宣聽到後面有個女子追過來大叫著：

「新郎官，我做你的經紀人吧，給你找個唱片公司，我包你立刻大紅……下來我們先談一談……」

周宣急急地把悍馬車門裏的鎖反鎖了。

看著那三個女孩子都追了出來，周宣趕緊催著司機：「開車開車，快些！」好在前面的車都出了社區，周宣這一輛悍馬車前面的道路也順暢起來。追過來的幾個女孩子都是穿著極高的高跟鞋，就算是開得很慢，她們也追不上，更別說車速已經快了起來。

車裏的空調很強，不過周宣卻是額頭上滲汗，身上發熱，都是給急出來的。

到京城大飯店途中，因爲早有準備，先挑選好了交通路線，交警方面也有幫忙疏導，所以到京城大飯店沒花多長時間，二十分鐘左右便到了。

路程上雖然沒有耽擱，但之前在魏海洪家時，卻被那幾個女孩子耽誤了不少時間，婚禮的司儀和招待人都十分著急，好在周宣這一行迎親隊伍終於是來了。

因爲傅盈家採西式婚禮，周宣家則是傳統中式婚俗，這一場婚禮說起來有些不倫不類的，算是中西合璧。

幾家人的家長都聚在了一起，包括早上才趕到的傅天來，在京城飯店的豪華包間中，幾家人的家長們在一起笑呵呵地聊著天。

周瑩過來報告著迎親隊伍到了後，老爺子、老李、傅天來父子都起身，一行人去到大廳中。大廳前排的位置是留給雙方的直系親屬的，等老爺子等人坐下後，司儀上臺試了試音，然後說道：

「婚禮開始，大家靜一靜！」

等到大廳都靜下來後，司儀才又說道：

「下面有請這次婚禮的主持人，京城電視臺的著名節目主持人黃傑先生！」

大廳中頓時又轟動了一下。

在京城，黃傑是個極有名氣的人，雖然不是專職藝人，但他的名氣可是直追一線藝人，主持節目的功力很高。

一身紫色禮服的黃傑施施然上臺，先是恭敬地鞠了一躬，然後說道：

「各位來賓，各位先生，各位女士，各位雙方家人的親朋好友，你們好！今天是周宣先生和傅盈小姐的大喜日子，在這個喜慶的日子裏，我謹代表新郎新娘雙方向大家問好，謝謝你們來參加今天的婚禮！」

接著，黃傑又滔滔不絕地說了一通，最後才說到今天的主題：

「婚禮開始，請新郎入場！」

黃傑的話音一落，眾人的目光都轉向了大廳門口，一身筆挺的周宣在李為的陪同下緩緩進來。

周宣很緊張，反而是李為很瀟灑，跟平時完全相反。平時，周宣沉穩有氣度，現在卻是無比的慌亂。李為低聲道：

「我的大哥，你不要冒那麼多汗好不好？現在天氣這麼冷，你熱什麼熱啊？要熱的話，等一下你把漂亮嫂子帶回家，由得你怎麼熱都行。」

周宣恨不得給李為一腳，但現在無數人的目光注視之下，這個念頭自然是只能想而不能實施了。

不過，李為的話雖然搞笑，說得倒不是不在理，周宣也感覺到自己的確是有些慌亂，努力鎮定了一下心情，然後又運起冰氣異能，把自己身體表面散發出來的熱氣吸收掉，額頭間的汗水珠子便立即消失了。

紅毯中三十米的短短路程，周宣和李為卻是走得無比漫長，好不容易才走到主持臺前。

周宣一眼望出去，偌大的大廳中，至少有五百人以上，大多是李、魏兩家人的親朋好友，而周宣自己家的朋友卻不多。傅家因為太遠，來的人除了傅盈家裏人以外，別的人都沒有來。

婚禮繼續著，黃傑又說道：

「請新娘傅盈傅小姐進場！」

眾人的目光隨即轉向了大廳的門邊。

這時，門邊出現了三個女孩子的身影，一身雪白婚紗的傅盈，以及一左一右的魏曉晴、魏曉雨姐妹倆，紅色的禮服很有喜慶的味道。

傅盈在前，魏曉雨和魏曉晴姐妹在後，兩個小花童托著傅盈的婚紗慢慢前行。

三個人的出現，讓大廳中的絕大部分人都情不自禁地「哦」了一聲。這三個女孩子的美貌讓人驚心，她們已經不是普通的漂亮可以形容了，簡直就是美麗得驚心動魄！平常要找出這麼一個美女都不是易事，現在卻是三個如此漂亮的女孩子同時出現！

在這一刻，無數男子才真正羨慕和妒忌起周宣來。

一開始，大家對周宣的排場之大雖然感到意外，但聽說周宣是個超級富豪，能請到有分量的人也就不是特別驚奇，而現在，一見到傅盈和魏曉晴魏曉雨姐妹這三個人的麗色容光後，男男女女都被驚動了。

主持人黃傑也呆怔了一下，沒料到今天的新郎官竟然有這麼好的運氣和福氣，瞧他的相貌也只是個普通人，雖不算醜，但絕對算不上帥氣，可是娶到的老婆竟然這麼美麗，由不得他們不羨慕啊。

黃傑當即想到，周宣跟魏李兩個超級家族的關係這麼密切，想必是因爲有權有勢的關係，現在的女孩子嘛，尤其是美女，嫁到豪門也很正常，大概傅盈是個家境清貧的普通女子吧。

等到傅盈三個女孩子走到中間位置時，黃傑大聲道：

「有請新娘家屬！」

這一次，傅盈的爺爺從座位上站起身來了。

在傅家，傅天來才是真正的家長，所以傅盈的婚禮現場由他出面講話，而不是傅盈的爸爸傅玨。

傅天來走到傅盈身邊，伸手拉起了傅盈的手。這時，現場響起了莊嚴的婚禮進行曲，傅天來牽著傅盈的手緩緩走上前。

周宣此刻非常緊張，直到傅天來將傅盈牽到自己面前後，還緊張得直咳嗽。

傅天來笑了笑，表情緩緩嚴肅起來，鎮定了一下，才沉沉地說道：

「周宣，我把盈盈交給你了。」

說完，他把傅盈的手輕輕送到了周宣手中。

周宣咬了咬嘴唇，額頭上的汗水情不自禁地冒了出來。傅盈的臉色雪白，忽然回身撲在傅天來懷中，嚎啕大哭起來。

傅天來慈愛地拍著傅盈的肩頭，輕輕安慰著：

「傻孩子，這不是你一直想要的嗎?大喜的日子可不要哭了，哭壞了妝就不漂亮了。」

傅盈哽咽著抬起頭，傅天來又伸手輕輕拭去了她的眼淚，然後再次把她的手交給了周宣。周宣緊握著傅盈的手，緩緩往臺前走去。

黃傑看到傅天來的相貌時，不禁愣了一下，他是做主持人的，經常有機會面對名人，也很注意時事及國際新聞，所以在見到傅天來的時候覺得很是面熟，可又一時想不起他到底是誰，心裏一直尋思著。

周宣牽著傅盈到了臺前後，黃傑還沒反應過來，還在沉思著，直到場中都靜下來後，黃傑一抬頭，才發現周宣和傅盈都已經到了跟前。

這時離得近了，黃傑更清楚地看清了傅盈的相貌，不禁暗嘆造物主的手段，這個叫傅盈的女孩子，可真是無可挑剔的美到了極點，雖然從來沒聽說有十全十美，但這次見到傅盈，當真稱得上是「十全十美」了。

黃傑暗嘆了一聲，著實羨慕周宣的豔福，想必自己遠比周宣有魅力吧，只是遇到晚了，可惜了。

「現在我宣布，婚禮正式開始!現在，我先介紹一下新郎官的父親……」

黃傑拿著一張雙方親屬名單念著，因爲事先並沒有看過名單，所以並不熟，不過，以他的經驗和現場掌控能力，那是絕對沒問題的。

「現在有請新郎的父親周蒼松先生，母親金秀梅女士，讓我們以熱烈的掌聲祝賀他們！」

周蒼松和金秀梅夫妻倆趕緊從座位上站了起來，向四下行了一個回禮。

在一片熱烈的掌聲後，黃傑又繼續念道：

「再介紹一下新娘家的親屬……」

傅天來和傅玨夫妻倆都站起身來，向四下裏點一點頭。

聽到傅家人的名字，立時就有很多人交頭接耳地說起話來，眼睛時不時地盯著傅天來。

黃傑腦子裏一動，忽然想到：傅天來！華人首富不也叫傅天來嗎？這個傅天來會是那個傅天來嗎？

眼前這個傅天來的相貌，倒是跟新聞中的傅天來很相像，不過黃傑也沒見過傅天來本人，所以一時也是驚疑不定。主要是不敢相信：傅天來，那是何等人物啊？他的親孫女怎麼可能嫁給周宣這樣的人呢？

黃傑雖然不敢相信，但人群中有幾個人卻是向傅天來打了個招呼。黃傑認得那幾個人，一瞧過去後，又不禁怔了怔。

那幾個人在今年的富比士富豪榜上都是榜上有名，是國內排名最靠前的幾個富翁，這幾個人能來參加婚禮，自然不是因爲周宣的關係了。

像周宣這樣急速冒起來的富豪，充其量就是個沒有底蘊的暴發戶而已，與真正的上流富豪還遠有距離，所以，邀請那些明星富豪來參加婚禮，周宣還沒有那個影響力，這些人都是衝著魏家和李家而來的。

周宣的父母只是普通人，所以遠沒有傅家來得轟動，而當傅天來一家人被認出來的時候，整個大廳就如同煮沸了的水翻騰起來。

黃傑呆怔了片刻，但隨即馬上省悟到，自己是婚禮主持人，趕緊又看著紙上念道：

「下面，再介紹一下男女雙方的親屬以及嘉賓！男方的親家李雷和李遠湖老先生，新娘的乾爹魏海河魏先生，以及魏三槐老先生，還有魏海峰和魏海洪先生！現在，讓我們以熱烈的掌聲歡迎他們！」

黃傑念得額頭上的虛汗都出來了，還好剛才沒有把自己當成大人物一樣炫耀傲慢，來的這些人，就是念念名字就能讓他膽戰心驚的，更別說去細想。

黃傑若說對傅天來的身分還有些懷疑，不敢肯定，但對魏家、李家的這些名字，可就不再陌生了。他是新聞工作者，而魏李兩家又都是權力巔峰上的人物，見的次數雖不算多，但畢竟是知道的。

難怪這個周宣排場如此之大，原來背後站的是這些人，那場面就算來得再大一些，也不奇怪了。

黃傑一念完，大廳中又響起了熱烈的掌聲。來的賓客之中，有好多人算是開了眼界。像老爺子和老李這樣的傳奇人物，那可是難得一見，就算新聞上也是不容易見到的。像他們這樣的身分，就是去到哪裡，人家都要在祖墳上燒高香的。從這一點上就能想到，這個結婚的周宣面子該有多大。

平日裏，婚禮宴會中能請到一個部長級的官員，場面上便驕傲得很，彷彿天下他最大一樣，但在今天這個場合中，廳局級的官員都不敢出聲，除了掌聲和微笑，別的都輪不上他們出頭，甚至連話都沒得說。

這次，沾光的是傅遠山。按理說，以他副廳級的身分，在這裏只是一隻小蝦，但他勝在是周宣的私人代表，婚禮的副指揮，跟李雷做搭檔，自然讓很多人刮目相看，心想，以後倒是得跟傅遠山搞好關係。

掌聲歇息後，黃傑表情恭謹了許多，架子也完全放了下來，對周宣也不敢胡亂猜測了，看來這個周宣並不是他想像的那般，不可能只是個單純的暴發戶，人家來頭大得很，如果他只是個暴發戶的話，以魏李兩家人的身分，又怎麼會對一個暴發戶人家這麼好，這麼照顧呢。

等到人群中的嚮聲和掌聲都完全靜下來後，臺下有一個女子從座位上站起身問道：「我想問一下新娘傅小姐的家人，傅天來傅老先生，請問您是不是紐約傅氏集團的華人首富傅天來傅老先生？」

說完，這個女子又補了一句：「您好，我是京城日報的記者。」

這其實也是絕大部分人想問明白的一件事，沒想到這個記者先問出來了。

傅天來站起身微笑道：「是，我就是紐約的傅天來，今天是我孫女傅盈與周宣的大喜日子，趁此機會，我也向國內的新聞界宣佈一下，傅氏集團百分之七十的股份權屬已經轉到了周宣名下，不過有個限制，那就是，周宣在傅氏集團的發言權是在跟盈盈結婚後開始生效的。現在我就公佈一下，從今天起，傅氏集團百分之七十的股份正式劃歸周宣名下。」

「嘩……」

「哦……」

一片驚訝聲四起，華人首富傅家的百分之七十的財產，想想都覺得嚇人，可傅天來竟然宣佈，集團百分之七十的股份持有人是周宣，他的孫女婿。

雖然傅盈是他們傅家的獨生孫女，實際上的財產唯一繼承人，但傅天來還健在，還掌管著公司，而傅盈的爸爸，傅天來的兒子傅玨也還正當壯年，在這樣的情況下，傅天來卻要把財產——幾乎是全部吧——都轉到周宣名下，這實在是太奇怪了。

即使要轉讓吧，那也是傅盈持有所有權才對啊，但現在卻是轉到了周宣名下，這讓外界都想不通。不過，人家傅家人都沒有意見，外人們自然是不必反對了，只羨慕羨慕就行了。

大家一是羨慕周宣的運氣，娶到如此美麗的新娘，那當然是令人羨慕了，但讓誰也沒想到的是，隨著這美麗新娘子來的，還有無比巨大的巨額財產。

黃傑這時才真是呆住了，一直以為傅盈只是個貧家女，或者說，是個普通家庭的女孩子，嫁給周宣，只是因為周宣家的財富和身分，根本沒想到，傅盈的財富卻是遠超周宣的身家。這一點，他怎麼也沒想到。

現在，周宣在黃傑和絕大部分人眼中看來，就是一個謎。一方面，他與魏李這樣的權貴家族交往密切，另一方面，娶的新娘子竟然如此特殊，是遠超普通富豪家族的世界富豪中的一員。

傅家尙餘百分之三十的股份，留給大女兒百分之十，留給二女兒傅箏，也就是李俊傑的母親百分之十，但那百分之十被傅天來收回來了，暫時掌控在他自己手中，而另百分之十則在傅盈的父親傅玨手中。說到底，以後還會有百分之二十的股份會落到傅盈手中。

這時，那個記者又問道：

「我想再問一下傅老先生，您把傅家百分之七十的股份權都轉到了周宣周先生名下，您是否考慮過周先生以後會怎麼處置和利用它呢？」

傅天來笑笑道：「我老了，以後傅家的責任就是孫女跟孫女婿的，周宣要怎麼處置，那是他的事情，我只希望他能及早背負起這個擔子，我好早點享享清福。人老了，只想安靜在家休息，替孫女帶帶孩子，呵呵。」

傅天來的意思很明顯，傅家的財產轉讓給了周宣，那他要怎麼處置，是賣了還是送人，那都是他的事，傅天來絕不過問。這是把傅家的命運完全扔在了周宣身上的意思，如果不是絕對信任，是不可能會這樣做的。

大廳中的人聽了更是驚詫，俗話說知人知面也不知心啊，大凡富豪家庭中，對財產的控制那都是排在第一位的，除非家族中的人都死光了，否則哪裡會把家族財產都轉讓到外人手中？即使要轉，那也應該是全部轉到傅盈名下吧？

外人當然是不明白傅天來和傅家的想法了，周宣對他們有多麼的重要，只有傅天來父子最明白。而且，周宣絕不會貪圖他們傅家的財產，即使傅家的股份轉讓到周宣名下，周宣也不會濫用權利。周宣的性格他們知道得很，他對錢財看得極淡，只看重跟盈盈的感情。而且要說賺錢的能力，在未來某個時候，周宣的身家一定會超過傅家。

這個情況，傅家人都是清楚明白的，他們現在要做的，就是把周宣綁在他們傅家的利益戰車上，這樣一來，如果傅家有難，周宣又豈會袖手旁觀？

黃傑跟絕大多數人一樣，自然是想不清楚這中間道理的，有的也只是對周宣的無比羨慕。一個人一生能做到這個樣子，那就算是夢想成真了吧。

黃傑看到周宣拉著傅盈緩緩地走到臺前，趕緊定了定神，輕輕咳了一下，鎮了鎮嗓子，然後才沉聲說道：「今天是個大喜的吉日，這一對新人的親人，朋友，同事，長官，這麼多嘉賓都齊聚這裏，讓我代表這對新人，向大家表示熱烈的歡迎和衷心的感謝！」

「婚禮儀式，現在正式開始！」黃傑在隆重的婚禮進行曲當中又說道，「首先，我要向這一對新人問一個嚴肅而又莊重的問題，請兩位分別回答。新郎請上前一步，把你的右手放在胸前，請聽清楚我的問題。」

周宣應聲上前一步，臉上神情激動，把右手放在了左胸口，然後緊盯著黃傑。

黃傑點了點頭，然後又說道：

「周宣先生，你願意跟傅盈小姐結爲夫妻，永遠敬她愛她保護她，與她相扶到老，相伴一生嗎？」

周宣深深地吸了一口氣，然後，凝神用力，一個字一個字地回答道：

「我——願——意。」

任何人都看得出周宣的誠意和實在。

黃傑點點頭，然後又把目光轉向了漂亮得如同仙女一樣的傅盈，問道：

「傅盈小姐，請你也上前一步。」

傅盈臉色蒼白了起來，但還是輕輕邁了一步，走到與周宣並列的位置。

「請你也聽清我的問題，傅盈傅小姐，你是否願意與周宣先生結爲夫妻，永遠敬他愛他，無論健康與疾病，無論貧窮與富貴，都與他相扶到老，相伴一生？」

第四十七章

不祥預感

周瑩不知道到底是怎麼回事，但傅盈的表情把她嚇壞了。
在她的印象中，傅盈是個又美麗又堅強，外柔內剛的女孩子，
周瑩從沒見傅盈流過眼淚，現在這種情形還是第一次見到，
心中頓時有了不好的預感。

時間幾乎是靜止了下來。

傅盈在這一刻忽然猶豫起來，臺下的眾人，包括傅盈的家人都急了起來，不知道傅盈為什麼會在這時停了下來，難道是太激動了嗎？

周宣側過頭，看著傅盈的臉蛋，嫩白得幾乎透明，眉毛輕輕顫動著，整個身子都微微顫抖起來。周宣心裏的絞痛立時又發作起來，傅盈已經沒有與他生死相伴的那份感情了。

就在周宣心頭絞痛，痛得無法遏抑的時候，傅盈終於顫抖著嘴唇，蒼白著臉說出了一句話：

「我願意。」

大廳中的人都熱烈地鼓起掌來。

傅家人和周宣的親朋好友們都鬆了一口氣，他們並沒聽出傅盈語氣中的遲疑態度來，當然，在場的人群中，有一個人是知道的。

那就是魏曉雨。

魏曉雨是從頭到尾都清楚九龍鼎惹出的那些事，所以她知道，傅盈並不是以前那個深深愛著周宣的傅盈了。

不過，魏曉雨也有一點不明白，既然傅盈心裏並沒有和周宣的那份刻骨銘心的愛，她為什麼還要同意跟周宣結婚？

如今，九龍鼎也被周宣毀掉了，傅盈永無也可能回到她原來的那個時空中了，這也就意味著，她對周宣的感情，永遠回不到從前了。而此時，如果傅盈明確反對和拒絕婚事，魏曉雨是最高興的，就算周宣不會因此就答應跟自己結婚，但至少給她留出了一個等待的空間。

但是，傅盈卻偏偏答應了這個婚事。這讓魏曉雨很是想不通。

傅盈的性格她也知道，跟她沒多大區別，那就是，自己不喜歡的事，就是死也不會去做的，要委屈地跟不喜歡的人結婚，無論再多誘惑她也不可能答應。但現在，傅盈卻同意嫁給周宣。

魏曉雨雖然想不通，但卻也不想去破壞。因為她也明白周宣的性格，如果你什麼事都替他想，他就會對你好，會覺得對不起你，如果你要跟他對著來，讓他討厭你，那到最後，害到的只會是自己。

除了不能跟她結婚外，其實周宣對她和妹妹魏曉晴都是絕對忠誠的，也可以說是為了她們，什麼都捨得付出，就比如前幾次遇險，周宣絕對可以為了救她們而捨棄自己的生命。

黃傑偷偷看著周宣和傅盈兩個人，著實羨慕。

此刻，大廳中談笑聲不斷，閃光燈閃爍不停。

羨慕之餘，黃傑大聲說道：

「現在，新郎新娘自願結為夫妻！有請證婚人以及雙方父母致詞！」

接下來，就是周蒼松夫妻和傅盈父母的簡短祝詞。

傅玨夫妻的賀詞自然是不用提了，大場面對他們來說只是小菜一碟，不過，周蒼松夫妻可就受累了。還好，傅遠山和李雷早有準備，在頭天晚上就寫好了致詞，讓他們夫妻倆背下來。

因為周蒼松夫妻學問不高，所以婚禮致詞也很簡短，老夫妻二人略有結巴才把致詞說完。接著就是傅玨夫妻對女兒和女婿的祝福。

這段時間中，周宣恍惚不已，他的一顆心全都落在傅盈身上，傅盈一直眉頭微鎖，臉色蒼白，雖然沒有反對，但整個人如同是木偶般任人擺佈，讓周宣覺得一顆心只是往無底深淵中沉下去。

等到雙方父母致詞完後，黃傑說道：

「我現在宣布，周宣、傅盈從現在開始，就是一對合法夫妻了，希望他們的幸福生活從此開始。下面，請新郎新娘互換戒指。」

周宣有些發呆，黃傑又說了一遍，他才醒悟過來，趕緊從衣袋裏掏出一個紅色的小錦盒子來，打開蓋子，裏面是兩枚碩大的鑽戒，這鑽戒上的鑽石，正是傅盈從天窗地底下帶回來的那兩顆超大鑽石。

周宣拿起那枚女式的鑽戒，手有些發抖，把傅盈的手拉過來，往無名指上戴。這時，人群中發出了哄哄的笑聲。

黃傑也忍不住笑道：「周先生，你太激動了吧？呵呵，面對這麼美麗的新娘子，激動也是正常的，呵呵，不過，你是不是戴錯地方了？」

周宣一怔，抬眼望著他，心想，結婚戒指難道不是戴在無名指嗎？難道是戴在別處？

黃傑忍俊不禁，看來周宣是真緊張得糊塗了，便笑道：

「不是戴錯手指，是戴錯了手！你拉著的是新娘子的左手，應該戴在她右手的無名指上！」

「哦……」周宣恍然大悟，男左女右的道理她是知道的，趕緊又換了另一隻手。

手還是有點哆嗦，戒指套了幾下都沒套進去，最後終於戴了上去，很合適。

當然合適，製作的工匠是按著他跟傅盈的手指大小訂做的，怎麼會有差錯呢。

黃傑看到周宣笨拙地給傅盈戴上後，繼續說道：

「現在，請新娘給新郎戴上戒指！」

傅盈取出戒指後，手也有些顫抖了，不過周宣看得出來，傅盈不是因為激動，而是因為茫然，是對這個陌生場面的不適應而顫抖。不過，傅盈給周宣戴上戒指時倒是沒出什麼錯。

兩人的戒指交換完成，婚禮儀式差不多就完成了。

黃傑又說道：

「現在，婚禮儀式完成，大家請一起祝福這對幸福的夫妻吧！」

在熱烈的掌聲過後，黃傑又笑呵呵地大聲道：

「現在，我們來進行下一個有趣的節目吧！請未婚的先生小姐們站到新郎新娘身後，新娘即將要拋出手中的鮮花，得到鮮花的先生或者小姐，會得到新郎新娘的祝福，也將會是下一對美滿幸福的夫妻！來來來，請新娘背對著大家，新郎來喊一、二、三！」

傅盈拿著那束美麗的鮮花站到前面，魏曉晴、魏曉雨、李爲、周瑩，還有一大群年輕的男女都站在了傅盈身後，而周宣與傅盈則面對面地站著。

周宣看著傅盈拿著鮮花站在前面，一張臉雪也似的白，心裏不禁又痛又憐，他是要讓盈盈得到幸福的啊，可不是要她這樣悲傷。

周宣怔怔的發著呆。

直到黃傑又再提醒後，周宣才說道：

「盈盈，我叫了啊，一，二，三！」

說到三的時候，傅盈把鮮花用力往後拋出去，周宣看得清楚，鮮花在空中翻了幾個圈，然後，竟然落在了魏曉雨姐妹身上。魏曉雨一伸手便拿住了，一時間竟有點呆了。

黃傑笑呵呵地讚道：

「看來，下一個新娘是魏小姐啊，那就先祝福一下漂亮的魏小姐了，希望爲你主婚的人仍然是我，呵呵，好了，在此，我代表新郎新娘向大家表示真摯的謝意，請各位盡情享用美餐吧！」

話音一落，大廳中頓時沸騰起來。婚禮基本上是完成了。

周宣看著傅盈，見她臉色蒼白，似乎就要暈倒，趕緊扶著她低聲問道：

「盈盈，你身子不舒服嗎？我先送你回去吧。」

這裏顯然太吵，而傅盈又實在是太憔悴，似乎連說話的力氣都沒有了。周宣跟幾位老爺子和父母說了一下，他們看到傅盈憔悴到極點的樣子，也都很擔心，以爲是婚禮太累了的緣故，便催促周宣趕緊送傅盈回去。

他們絕想不到會有別的原因，因爲九龍鼎而讓傅盈出了問題這件事，周宣和傅盈都不敢說。所以，家人都不知道，只是按時高高興興地來參加了婚禮。

傅盈的媽媽向琳最著急，哪個媽媽不心痛女兒的呢，便趕緊催促著女兒跟周宣先回去。

本來，傅玨夫妻是想給周宣和女兒再買一棟別墅，但周宣不答應，說父母不希望兒子跟兒媳離得太遠，吃什麼用什麼都照顧不到。鄉下夫妻的觀念自然跟城裏的不同，而周蒼松夫妻也格外照顧傅盈，傅盈也說喜歡跟婆婆一起住，所以買別墅的事也就不再提了。

周宣扶著傅盈離開會場，李爲和周瑩也跟了出來。

周瑩悄悄問道：「嫂子，你的臉色很不好，沒有什麼問題吧？」又回頭對李爲說道：「李爲，你那些狐朋狗友的，不准來鬧我哥和嫂子，我嫂子累了，讓她安靜一下。」

李爲自然不反對。回去的時候怕引起不必要的麻煩，所以只開了一輛黑色賓士，把上面的喜花也拿掉了。

周宣把傅盈扶到車上，坐到她旁邊。李爲親自開車，周瑩坐在傅盈的另一邊，也照顧著她。

回到宏城花園的別墅，這裡除了一些便衣士兵外，就再也沒有別的人了，參加婚禮的人都在京城大飯店中。

回到家裏，周宣扶著傅盈回到新房中。新人房佈置得豪華洋氣，全部都是按最高標準來佈置的，門上還貼了兩個大大的喜字。

周宣把傅盈扶到床上躺下，把腳上的高跟鞋脫掉，然後又給她蓋上全新的錦被。

傅盈確實累了，躺到床上立刻合上了眼睛。周宣摸了摸她的額頭，不燒不燙，卻是冰涼的，這同樣也是不舒服的表現。

以傅盈的體質和體力，是絕不會也不應該出現這種情況的。周宣坐在床邊發著呆，好半晌後才想起來，趕緊運起異能給傅盈改善體質。不過從她起伏不定的氣場中，周宣可以感覺到，傅盈其實並沒有睡著。

「盈盈。」周宣輕輕叫了一聲，傅盈沒有回答。

周宣想了想，低聲說道：

「盈盈，我知道你並沒有睡著。你告訴我，你不願意跟我結婚是嗎？如果……如果你不願意的話，請你跟我說好嗎，我不想讓你難過，不想讓你傷心。」

說完呆了半晌，又說道：

「盈盈，你知道嗎，你就是我的全部，你比我的生命還要寶貴，所以，只要是你不高興，你不喜歡的事，我都不會做，我也不會勉強你做任何事。」

傅盈還是沒有答話，但漸漸地，她的肩膀輕輕聳動起來，顯然是在輕輕抽泣。周宣頓時心冷下來，心如刀絞，忽然有了一種自暴自棄的念頭，似乎是想毀滅一切自絕於世。

他就這樣呆呆地坐在床邊胡思亂想著，過了良久，傅盈沒有轉身，但卻低聲說道：

「你的家人對我很好，還有我家人也高興開心，所以我不會讓他們失望。我會跟你過下去的，請你不用擔心。不過，請你給我一段時間適應，行嗎？」

周宣呆愣著，眼圈紅了。

傅盈又柔聲說道：「可以嗎？」

停了一下，她又嘆息道：「如果你不同意就算了，反正日子也得過，我知道你是個好人，是個真正對我好的人，可就是……可就是……」

傅盈最終沒有把話說完，但周宣卻明白，傅盈越是溫柔的不反抗，一味順著周宣來，周宣反而越是心痛。

過了一會兒，周宣冷靜下來，定了定神，然後安慰著傅盈：

「盈盈，你累了，什麼也別想，好好休息一下吧，睡一覺過後就會好了。有我在，什麼都不用擔心。」

周宣說著，輕輕拍著傅盈的肩頭，又把左手伸到傅盈額頭上，運起異能，驅除傅盈身體裏的寒意。

傅盈伸手抓著周宣的手，喃喃地念著：「你的手好溫暖好舒服，別拿開……別走開……別走開好嗎……」

在低低的囈語中，傅盈沉沉地入睡了。她確實是又累又憔悴，在周宣的異能安撫下，身心都放開了。雖然她對周宣還沒有刻骨銘心的愛情，但卻已經對周宣產生了無比的依賴，似乎有周宣在身邊，她就什麼也不擔心，什麼也不用害怕。

也正因爲如此，傅盈才會答應和周宣的婚事。因爲她知道，周宣是真心愛她疼她和保護她的人，也會爲了她而付出一切。現在，他們之間欠缺的，只是一段深刻的感情經歷而已。

周宣等到傅盈熟睡後，愛憐地瞧著傅盈那嬌美又憔悴的臉蛋，心中一酸，再也忍不住的淚水，一顆顆滾落下來。

周宣柔腸百結，獨自傷心了半天，才悄悄出了房門。

婚禮宴會很熱鬧，李爲和周瑩把哥哥嫂子送回家後又趕了過去，與家人朋友一起歡慶，鬧到大半夜才回來。一家人回到別墅已經很晚了。

傅玨夫妻和傅天來已在酒店中歇息了，李爲被周瑩轟回了自己家裏，家中就只有周瑩、金秀梅、周蒼松三個人。周濤送李麗和她父母回家了。

劉嫂沏了一壺熱茶出來，笑道：「今天都喝得有點離譜了，喝點綠茶解解酒吧。」

周蒼松喝了一口茶，寫意的架起二郎腿，笑道：「老婆子，你說說看，我們什麼時候能抱上孫子啊？」

金秀梅笑罵道：「去你的，還叫我老婆子，我有那麼老嗎？」

「是啊，媽看起來才三十歲，爸老是這樣叫，難聽死了。」周瑩也替她媽打抱不平。

劉嫂在一旁笑說道：「再怎麼快，那也得十個月後才能抱孫子吧，唉，我在想啊，像盈盈小姐那麼漂亮的人，生出來的小孩那該有多漂亮啊！」

「就是啊，我們盈盈跟仙女一樣，生的小孩漂亮自然就不用說了！」金秀梅馬上附和，對這一點，她是滿心贊同。

一家人嘻嘻哈哈地聊著天，看時間很晚了，金秀梅忽然想起早就回家的兒子跟兒媳來，趕緊對周瑩說道：

「小瑩，從飯店回來到現在，這麼一整天的，你哥跟你嫂子都沒下樓啊？你趕緊去看一看，問他們要不要吃點東西？人餓著可不行，讓劉嫂做一點補身體的給他們吃！」

周瑩紅了臉，扭扭捏捏地說道：「媽……我不去啦……」

金秀梅罵了一聲：「那是你哥你嫂子，怕什麼……」不過，想到女兒到底是個大姑娘家，不好意思去也就算了，不過，她自然更不好意思去了。

金秀梅想了想，說道：「算了算了，你哥跟你嫂子餓了自然會起床，不餓叫他們也沒意思，隨他們吧。」

聊了一陣，劉嫂又端出削好的水果來。周濤送李麗父母回家後，跟李麗又走回來了，反正周家別墅的空房間也多，不愁住，再說，現在周濤和李麗的事大致已經定下來了，未婚夫妻住在對方家中，又是在這種大喜的日子裏，住上一兩天都是極正常的事情。

一家人又聊又笑的，直到十二點過了才睡覺。

在這之間，周宣和傅盈一直也沒有下過樓。金秀梅最終還是忍住了，沒有再叫兒子女兒上樓去叫醒他們，心裏樂呵呵的，心想兒子這樣的進度，只怕是年底就能抱上孫子了。

第二天一大早，幾乎是天還沒亮，金秀梅和劉嫂就起了床，聲音輕輕的。金秀梅這是心疼兒女們，反正這些年輕人也做不了什麼家務事，她幫著劉嫂做就好了。

其實也只是做早餐，劉嫂做主，金秀梅打下手，整整花了兩個小時，做了一大桌，時間才到八點半。

周瑩倒是第一個起了床。接著是李麗，最後才是周濤。

不過，周宣和傅盈仍然沒有下樓。周瑩和李麗幫著把早餐擺到餐桌上後，又擺好碗筷。周瑩問道：「媽，哥和嫂子怎麼還沒起床？」

金秀梅隨口道：「唉，太累了吧。」說完才覺得這話有語病，趕緊閉了口，周瑩也咬著唇直是笑。

李爲在這時也到了，人未到聲先到：「小瑩，好香啊，我餓死了。」因爲昨天儘是喝酒，醉意醒過後，就覺得特別餓。

李爲徑直走到餐桌邊，伸手揀了一塊肉就丟進嘴裏，周瑩惱道：「沒規矩，沒禮貌。」

李爲哈哈直笑，金秀梅卻是幫著李爲，說道：「你罵他幹嘛，人餓了就要吃，咱們家可沒那麼多講究，再說都是自家人，又沒外人，怕什麼。」

李爲笑呵呵地道：「就是就是，沒結婚就這麼管我，要是結婚了那還得了啊，媽，你可得幫著我一點，要不，以後我可一點地位都沒有了。」

「你……」金秀梅衝著李爲一瞪眼，這個活寶！不過怒也是假怒，以李爲這樣的家庭，還能有這樣直率的性格，這樣的人才可靠。

「小瑩，去叫你哥起床了。」金秀梅惱了李爲後，又吩咐女兒去叫哥哥嫂嫂起床吃早餐。

「我不去。」周瑩羞紅著臉說著。

金秀梅哼了哼，又把眼光瞧向周濤，周濤也趕緊搖頭，金秀梅瞧到李麗，李麗也是紅了臉直搖頭。

再瞧過去，是老伴周蒼松和劉嫂，總不能叫周蒼松這個公公去叫兒子和兒媳起床吃飯吧。

金秀梅猜想大概是兒媳傅盈太累了，又是第一次經歷人生大事，作息與平時不同是正常的。平時傅盈是很懂事的，雖然是千金小姐，可從來不嬌縱，早上也起得很早，雖然沒有做什麼，但會陪著金秀梅聊天看電視。

金秀梅對這個兒媳一直都是極爲滿意的，所以今天她睡得晚一點，她一點也沒有責怪的意思，只是不好意思去叫她和兒子起床。

金秀梅正要硬叫周瑩上去，因爲只有她最合適，一個是她親哥哥，一個是嫂子，都是女孩子，面子上也好過些。

卻見李爲一蹦就起來了，笑呵呵地道：「我去，我去叫大哥嫂子起床。」

周瑩立刻給李爲來了一個爆指，惱道：「你說什麼?沒大沒小的，給我住嘴。」

金秀梅也是好笑，這個李爲，真像個小孩一樣，想了想，對周瑩說道：「小瑩，還是你去吧。」

周瑩扁了扁嘴，瞧了瞧其他人，想了想，只得垂了頭，誰叫她是小姑呢。

周瑩低著頭，悶悶地上了三樓，在哥哥的新房門前停了下來，看到門上那一幅大大的喜字，伸手想敲門，但又停了手，站了好一陣子，才又伸手輕輕敲了一下。

敲門的時候，周盈心裏噗通噗通的直跳，臉上發燙，極是慌亂。

好不容易冷靜下來，才發覺房中沒有人回答，周瑩以爲屋裏人沒有聽見，咬著唇忍了一下，然後又用力敲了幾下。

等了一陣，依然沒有人回答，這一下周瑩倒是奇怪了，於是叫了聲：

「哥，嫂子，吃早餐了。」

叫了一聲後，房間裏還是沒有任何的聲音，周瑩呆了呆，就算再累，也不可能會這樣啊，再說，哥哥嫂嫂昨天那麼早就回來了，從那時候一直睡到現在，怎麼好像是被藥蒙倒了一般呢?

周瑩再伸手重重敲了起來，房間裏依然沒有任何回應，於是便叫道：「哥，嫂子，我進來了啊。」一邊說著，一邊扭動著門鎖把手。

門輕輕響了一下，周瑩輕輕推開了一條縫，先瞧了瞧裏面，見到傅盈正坐在床邊的地毯上，手裏拿著一張紙直是抽泣，雖沒有聲音，但臉上淚水盈盈。

周瑩吃了一驚，趕緊一下子把門推開，幾步走了上去，問道：「嫂子，怎麼了？」說完瞧了瞧床上，哥哥沒在床上，又瞧了瞧房間中，也沒有人，難不成在洗手間裏面？

傅盈抬起一張梨花帶雨的淚臉，哽咽著說道：

「小瑩，你哥哥走了。」

周瑩吃了一驚，詫道：

「走？走到哪兒去？」

在周瑩的想像中，走就是上街，或者是去洪哥家、李爲家，除了這幾個地方，也沒什麼別的地方去，難道哥哥跟嫂子吵架了？

應該不可能啊。周瑩知道嫂子就是哥哥的命，再怎麼樣，哥哥也不會罵嫂子，更不會讓嫂子生氣的，從嫂子到她們家後，就沒見過哥哥跟嫂子吵過一次架。

「嫂子，你別急，慢慢說。」周瑩不知道到底是怎麼回事，拉著傅盈的手安慰著。

傅盈只是流淚，一時又不知從何說起，只把手中的一張信紙遞給周瑩。

周瑩不知道到底是怎麼回事，但傅盈的表情把她嚇壞了。在她的印象中，傅盈是個又美麗又堅強又自信，外柔內剛的女孩子，想說就說，想愛就愛，想恨就恨，毫不掩飾毫不做作。而且，周瑩也從沒見傅盈流過眼淚，現在這種情形還是第一次見到，心中頓時有了不好的預感。

接過信紙，周瑩急急地看著上面的內容，信上面並沒有寫多少字，但一瞧，周瑩就手顫抖了一下。

定了定神，周瑩才仔細地看了起來。

第四十八章

黯然出走

其實，周宣凌晨就決定要離開了。
考慮到手底下的兩間店都已步上正軌，
父母弟妹生活無憂，又有李家和魏家的照看，
也不會出什麼事，所以更是下定了離開的決心。
周宣到底去哪兒了？沒有人知道。

「盈盈，你好，在寫這封信的時候，我十分痛苦，我知道我這一生都不能沒有你，但我想給你的是幸福，而不是讓你痛苦。

昨天的婚禮上，我知道你很痛苦，結這個婚，不是你的本意，我心裏明白，你是委曲求全，不忍心你我的家人痛心。但是，我沒辦法眼看著你那麼傷心和恐慌下去，所以，我不能跟你結這個婚。但是我知道，如果我們這樣提出來，你我兩家的親人們沒有一個人會同意，他們都不明白事情的真相，而且我也不想告訴他們這件事。盈盈，所以我想，這件事還是由我提出來吧。

另外，我給我的家人和你的家人都各留了一封信，在房間的桌上，請你交給他們。我的家人，我已經拜託了李雷和洪哥，我留下的兩家店，足夠我的家人生活無憂，所以請你也不要為我的家人擔心。盈盈，你也不用再煩心婚事，我會完全消失在你們的視線中。

愛你的周宣。

二〇一一年二月十九日凌晨。」

周瑩看到這裏，忍不住又呆又怔起來，隨即急匆匆跑出房間。傅盈也緊跟著出了房間。

周瑩到了隔壁的房間中，書桌上放著兩封信，周瑩和傅盈兩個人站在桌面前，卻都不敢去拿起這兩封信來看。

桌上的兩封信上面各自寫著：「傅天來老先生啓」，「爸，媽親啓」。周瑩咬著唇，忽然間眼淚就流了出來，準備拿起信來看，但伸出的手顫抖著，就是拿不起來，害怕信裏寫的是讓她一家人受不了的話。

傅盈臉色蒼白，咬了咬牙，忽然一把抓起兩封信來，一雙手用力撕扯，把兩封信撕得粉碎，然後捧著碎片到洗手間裏，用馬桶沖了個乾淨。

周瑩驚得目瞪口呆，跟著傅盈進了洗手間，卻見傅盈在鏡臺前放水洗乾淨了淚臉，然後拉了周瑩到沙發上坐下，哽咽著道：

「妹妹，你聽我跟你說這件事。」

傅盈這才把周宣跟魏曉雨在江北得到九龍鼎與馬樹惡鬥，然後穿越到一年前的時空中，又與安國清結伴進入天窗地底，得到九星珠後，才又回到一年後時空的這些事，原原本本講出來。

周瑩聽得如傻了一般，一切的事都如說故事、說夢話一般，讓她無法相信，但傅盈又說得那麼合情合理，令她無法不相信。

周瑩呆了一陣，然後忽然問道：

「那你爲什麼要撕掉我哥給雙方父母的信？」

傅盈淚水盈盈，只是抽泣，好一陣才回答道：

「我沒有辦法再回到從前了。也就是說，現在的我，其實並不愛你哥哥，我不再是你哥曾經深愛的那個傅盈了。但木已成舟，這一切讓我只是覺得惆悵，卻並沒有要撕毀婚約的意思。

這段時間以來，雖然沒有跟周宣相戀的那段記憶，但我知道，他對我是完完全全的愛意，爲了我，他可以付出一切，所以我才會答應這件婚事。我不忍心傷害他，他……他是一個好人。

昨天從飯店回來後，我太累了，根本不知道發生了什麼事，今天一醒來，便見到了桌子上的這封信，才知道你哥走了。」

傅盈淒婉欲絕，臉色也越發白了，淚水如珍珠一滴滴地往下落，咬著唇只是搖頭，然後又道：

「你哥走了後，我心裏好痛。我才發覺，原來我早已經不知不覺又愛上了他，我不要失去他。所以，他給父母的信，我不能給他們，我會把你哥找回來的，就算找不到，我也會等到他回來，不管多久，就算用這一生去等待，我也會等下去。」

周瑩已經無法相信自己的耳朵，只覺得自己迷迷糊糊的猶如在睡夢中一般，聽到的也是傅盈說的夢話。

傅盈拭了拭淚，淒然道：「我終於明白到了，爲什麼那麼多人都說過這樣的話，失去的才是美好的，我的幸福就在我手中，但卻給我親手放走了。」

周瑩呆怔了半天，忽然哭道：「我不信我不信，我不信我哥會丟下我們一家人走掉，我要去找我哥！」

周瑩說完，急急就往樓下跑。傅盈一把抓住她，苦苦求道：「妹妹，你聽我說，你聽我說。」

周瑩恨恨地道：「你把我哥逼走了，虧我哥把你疼到了骨子裏，你還想說什麼？」

傅盈淚水止不住地流，只是求道：

「妹妹，我知道我錯了，可是我不想父母知道這件事，我跟你哥已經結婚了，我跟他是夫妻，從此我生是你們傅家的人，死是你們傅家的鬼，就算你們恨我罵我，我都不會離開這個家，我會把你哥找回來，你相信我，妹妹，請不要對爸媽說起這件事。」

周瑩見傅盈這副淒涼的表情，心裏緩和了些，但仍是冷著臉問道：「都成這樣了，你要怎麼對你我的父母說？要是找不到我哥，你要怎麼解釋？」

「我……我們馬上到他可能會去的地方找，我一定要找到他。」

傅盈雖然傷心，但話卻很堅決。

「妹妹，先不要對爸媽說這件事，我們先找一找你哥，找到他，我會把所有的事解決掉，如果……如果萬一暫時沒找到，我自己會向爸媽解釋……」

說到這裏，傅盈又向周瑩哀求道：

「妹妹，求求你幫幫嫂子，好不好？」

周瑩看著已經是哀傷欲絕的傅盈，又想到她以前對自己一家人是那麼好，又是哥哥捨棄一切要保護的人，忍不住又心軟了，想了想又說道：

「你……你對我說的那些事，什麼九龍鼎……我還是無法相信，太不可思議了，真有這樣的事情嗎？」

傅盈當然沒有辦法證明，不過還是解釋道：

「妹妹，你想一下，你哥不是突然就發了財嗎？我告訴你吧，那就是因爲你哥有了一種特殊的能力，能用手探測到物體內部的樣子，玩古董能知道真假，比專家還厲害，賭石能瞧見石頭裏面有沒有玉，所以百賭百勝，你只要想一想你哥的事，就明白了。」

周瑩恍然大悟，一回憶往事，當真是如此。雖沒有親見，但還是感嘆哥哥的運氣好到了極點。哥哥賭的那些石頭，每一塊裏面都有玉，而且都是價值千金的珍貴翡翠，自己都有些好奇，運氣再好，哪有每塊石頭裏面都有玉的？

那些毛料可是用大車成噸成噸拉回來的，成千上萬塊。周瑩記得很清楚，當初還不敢怠慢，自己在解石廠可是守得緊緊的，整整在那兒待了一個月，一步都不敢走開，生怕把哥哥的石頭弄丟了，後來解石之後才明白，原來哥哥弄來的這些石頭裏還真是些無價之寶。

當初還想不通，只能形容哥哥運氣太好，現在聽傅盈這樣說，周瑩還真是相信了，也似乎只有這樣才能解釋得通。

傅盈又拉著周瑩的手輕輕說道：

「妹妹，我只能求你幫幫嫂子了，好不好？」

周瑩嘆息了一下，也抓著傅盈的手說道：

「唉，好吧，誰叫我們是一家人呢，嫂子，我想……我也覺得，我哥的這些事，還是不要向爸媽和二哥說的好。」

「就是這個原因，我才不敢說的。」傅盈點點頭回答著，「妹妹說得是，你哥的這些事是秘密，越多人知道對他越不好，他的危險就越大，當然不是說不相信爸媽，只是，他們如果知道了，恐怕也會給自身帶來危險，所以知道的人越少越好，你明白嗎？」

周瑩臉色一白，趕緊點了點頭，這些道理她還是懂的。

兩人都趕緊擦乾了淚水，又到洗手間裏對著鏡子把臉弄乾淨了，這才下樓吃早餐。而周宣不在的事，倆人便撒了個謊，就說他有事出去了，不用等他吃早餐。

金秀梅皺著眉頭嘀咕了幾聲，吩咐不用等了，先吃早餐。傅盈和周瑩兩人哪有心思吃早餐，隨便吃了點應付一下，然後就跟金秀梅說要到街上走一走。

金秀梅只是苦笑不已，媳婦當真是什麼也不懂，結婚三日哪裡能隨便到處跑？不過她家不是尋常家庭，算了，不依那些規矩，就隨她們去吧。

傅盈和周瑩好不容易才出了門，兩人到所有能想得到的地方去找，花了幾個小時也沒半點消息，讓周瑩打電話問魏家和其他朋友，都沒有周宣的消息。

傅盈忍不住又哭泣起來，只是道：

「都怪我，要是你哥有個三長兩短，我也不想活了。」

周瑩也急得哭了起來，兩個女孩子一急，頓時都亂了起來，哪裡還能沉得住氣。不過，像這樣下去顯然也不是辦法，周瑩趕緊拭了淚水，說道：

「嫂子，這樣吧，今天肯定是找不到了，我哥既然要躲開你，那就不會輕易給我們找到啊，又不能讓我爸媽和你爸媽家人知道，只有這樣，你先到外面找我哥，我去跟家裏人說，你們去度蜜月了，這樣，你就可以多十天半個月的時間出去找，如果在這段時間裏還是找不到我哥，那你就回家來吧，我們再想辦法。」

傅盈幾乎是快瘋了，世上沒有後悔藥賣啊。又想起在遊樂場與周宣初遇時，周宣對自己的深切愛意無時不在言表，而後在黑龍潭，在天窗地底中，周宣更是以性命來保護她，如果不是最愛的人，又哪裡能做得出那種奮不顧身的事來？

傅盈癡癡地想著往事，一時間淚眼模糊。

換了別人，肯定是不會這樣做的。傅盈的美貌，傅家巨額的財產，這些都是比良心和真心更有誘惑力的東西，對那些人來說，良心和真心値多少錢一斤？

周瑩不敢耽擱，雖然不放心傅盈，但此時也沒有別的辦法，安慰了一句，兩個人就分頭而行了。

傅盈看著周瑩消失在視線中後，不禁茫然起來，該找的地方都找過了，該問的人也都問過了，現在又要往哪裡去？

淚水漣漣，她忍不住又撥打起周宣的電話來，但手機裏傳來的，永遠都是電信公司冰冷的語音訊息：「對不起，你撥打的電話已關機，請稍後再撥……」

傅盈無力的坐在地上，淚水止不住地流，過路的行人都盯著她，老人小孩也還罷了，年輕男子似乎都躍躍欲試想上前問，因爲傅盈太漂亮了，這麼漂亮的女孩，傷心的樣子更容易打動人。

還有幾個男子上前問著傅盈：「小姐，你怎麼了？有什麼事？哪裡不舒服嗎？」

傅盈只是抽泣，連回答的念頭都沒有，其中就有一個人伸手準備去拉傅盈，「小姐，我送你去醫院吧？」

「滾開。」

這時，一輛銀色的奧迪ＴＴ嘎地一聲急剎車，車上面的人一邊急急地下車，一邊朝那個男子喝斥了一聲。

那個男子一怔，轉頭瞧過去，見下車來的，同樣也是一個驚人美麗的女子，只是冷冰冰的面孔很不易近人。

那個準備伸手拉傅盈的男子嘿嘿笑道：

「哦……今天怎麼回事，儘是這麼漂亮的小姐出現，你可別誤會啊，我是看這位小姐傷心的樣子，怕她有事，所以才想送她到醫院……」

下車的漂亮女子冷冷道：「你是真想幫人，還是另有居心？趁我沒發火之前，趕緊滾開！」

那男子一呆，隨即又哈哈大笑起來，說道：

「哈哈，你要發火？好啊，我倒想看看你是怎麼個發火法，是要跟我摔跤，還是要跟我摟著打滾？嘿嘿，我都奉陪啊。」

這男子色眯眯的眼神直是在她身上掃蕩，旁邊的男人都起鬨，顯然是想瞧瞧他怎麼調戲這個冰山美女了。調戲美女的事，是絕大多數男人都喜歡做的事。

不過，就在那個男子話聲剛落的時候，就被一下子摔了出去，莫名其妙摔在了三四米之外，「哎喲」連天的直叫喚，半天也爬不起來。

在旁邊的幾個男子都看到了，這個男子是被剛剛下車的那個美女摔的，沒想到，這麼一個嬌滴滴的女孩子，竟然出手會這麼兇狠，一下子都驚得呆住了。

這個動作，就算是練過功夫的人，或者是那些刑警，也沒有這麼厲害啊。

呆了一下，幾個圍觀的男子趕緊退了開去，不敢再離這個女子那麼近，人雖然漂亮到極點，但卻是朵帶刺的玫瑰，沾不得動不得。

那冰山美女不再理會他們，走到傅盈面前，伸手把她拉了起來，說道：

「盈盈，跟我走。」

傅盈這才茫然地抬起淚眼，瞧見了眼前的人後，顫著聲音說了聲：

「曉雨，你……怎麼來這兒了？」

來的人當然是魏曉雨了。

魏曉雨把傅盈拉上車，然後給她繫上了安全帶，這才繞過去從另一邊坐上車。

把車開上路後，魏曉雨道：

「剛剛周瑩打電話問她哥在沒在我們家，我就猜到你們出事了。這還想不到嗎？昨天是他跟你結婚的大喜日子，他不跟你在一起能去哪兒？周瑩那麼問我，肯定是你跟周宣出了問題，所以我趕緊過來找你們。我其實是剛到宏城廣場，然後沿著公路開過來，也是隨便亂撞吧，沒想到還真撞上了你。」

傅盈猶自糊塗著，好一會兒才明白過來，實在是因爲太傷心了，神智已經有些不清醒了。

魏曉雨看著傅盈的樣子，皺著眉頭道：

「你哪兒也別去，暫時跟我在一起吧……周宣到哪兒去了？」

傅盈再也忍不住，埋頭哭了起來，哪怕是在魏曉雨這個情敵面前，也是控制不住了。

魏曉雨把車開到一處空曠的廣場上停了下來，這才定定地看著傅盈問道：

「到底出什麼事了？」

雖然是情敵，但傅盈跟魏曉雨同生共死的一次經歷後，已經沒有了仇視心理，再說，傅盈又缺少與周宣在一起的那些生死經歷，所以對魏曉雨的排斥感並沒有那麼強。

魏曉雨一問，傅盈抬起淚眼，問道：

「曉雨，周宣是不是在你那兒？」

魏曉雨沒好氣地道：「你胡說些什麼？就因爲你現在跟周宣沒有那麼深的感情，你才會說這些話吧。我跟你講，周宣心裏只有你，原來我想錯了，以爲你丟失了與他相識的那些記憶，我就可以跟他再開始了，可是，他心裏始終只有你，無論我怎樣，也代替不了你在他心中的位置。想想吧，他這麼愛你，即使跟你鬧彆扭了，又怎麼會到我那兒去？」

傅盈呆了呆，一時間說不出話來。

魏曉雨又道：「說實話，我當然希望他能來找我。可是我也知道，感情的事不能強求，就像我喜歡他那樣，這都是命，命運如此，不能強求。」

傅盈想著魏曉雨說的話，這時才真真切切感受到周宣的心痛來，或許只有切身感覺以後，才會瞭解到這份心痛到底意味著什麼。

周宣確實不會到魏曉雨那兒去，傅盈也肯定了，癡了半晌，這才把周宣留給她的那封信遞給了魏曉雨。

魏曉雨一邊看，一邊手也顫抖起來，臉色雪也似的白。

此刻，在這輛奧迪TT車裏，魏曉雨跟傅盈兩個人都發起了呆。

不知道過了多久，魏曉雨才艱難地說道：

「還是不要找了，以周宣的性格，你還不清楚嗎，他這樣做其實比你更傷心。但是，一旦他選擇離開，輕易就不會回來了。而且我敢肯定，他甚至不會停留在京城附近，或許是去了很遠很偏僻的地方，也許是國外。他要躲開，你我不可能找得到他。」

傅盈臉色蒼白，呆滯了好一會兒才顫聲問道：

「那……那怎麼辦？」

魏曉雨心裏也同樣有如刀絞，忍住了痛，好半晌才回答道：

「時間，時間會考驗一切，那就要看你對他是什麼樣的感情了。」

傅盈頓時明白了魏曉雨的話。是啊，時間是最能考驗一個人的東西了，它是治傷的靈藥，但同樣也是忘記一個人最好的工具。傷太痛，太深，一天不行，十天，十天不行一個月，一個月不行，半年，半年不行，一年，一年不行，十年……

這個世界上會有十年、幾十年都不變的深情嗎？

傅盈呆了一陣，忽然擦乾了臉上的淚水，然後對魏曉雨淡淡道：

「曉雨，我要回去了，我要跟我婆婆公公把事情說出來，然後，我會做一個媳婦該做的事，我會等周宣回來，即使他這一輩子都不回來，我也會毫無怨言地等下去。」

周宣到底去哪兒了？

沒有人知道。

其實，周宣凌晨就決定要離開了。考慮到手底下的兩間店都已步上正軌，父母弟妹生活無憂，又有李家和魏家的照看，也不會出什麼事，所以更是下定了離開的決心。

看著傅盈熟睡後，周宣心痛如裂，但他卻不想就這樣跟傅盈生米煮成熟飯，他絕不想有絲毫讓傅盈不開心的地方。與其看著傅盈痛苦地跟自己生活在一起，他還不如遠走他鄉，獨自承受那份痛苦。

爲了不讓傅盈有後顧之憂，周宣寫了三封信，一封是給傅盈的，希望她好好過下去，兩封給傅盈父母和自己父母。

在這兩封信裏，周宣只是想向父母解釋，不想結婚的是自己而不是傅盈，請他們原諒。但卻沒想到，傅盈連看都沒看完便撕碎了。

周宣安排好他認爲該處理的事後，便把身上所有證件都留在了家裏，因爲在外面使用證件或者銀行卡的話，肯定是會被察覺到的，要想真正幫傅盈，就得盡一切力量不被家人們找到。

所以，周宣只帶了皮夾裏的五千元現金，包括換洗的衣服行李都沒拿，出門搭了輛計程車就到了車站，先坐長途車出京城再說。

周宣沒有買火車票，因爲買火車票要登記實名，沒有身分證也買不了，所以坐了汽車，花了二十多塊錢，坐到京城隔鄰的一個市，在市內廝混了幾天，找最便宜的旅館，混了個十幾天，然後又坐長途汽車到最南邊，在這段時間，他還蓄起了鬍子，使面容整個變了一個樣。

這樣又在南邊大城市裏瞎混了幾天，確定沒有走漏行蹤後，又才坐長途汽車往東邊去。兩天兩夜過後，周宣到了東邊沿海的一個城市，身上的錢差不多快用盡了，只剩下一百來塊錢，又花了十幾塊錢買了張票坐到東邊臨海邊的小鎮，小鎮往東半里路便是東海了，海岸邊線上，儘是漁船漁村。

周宣下車後，沿著向東的路到了海邊，綿延起伏的海岸線一眼望不到盡頭，只有周宣長途車到站的海濱市才有港口。

港口之外的地方，有一大部分是山地與海岸交接，一小部分是比較平緩的沙灘地，這些地方也大多是沿海的鄉村集中地。

周宣走的這個漁村名叫福壽村，全村有六百多戶，不過近幾年沿海城市發展得快，漁村雖然與市區還有些距離，但城市流動人口大，需求也大，帶動了漁村各方面發展，其中發展最快的是漁牧業。

在海邊有優勢，養魚養蚌養蝦的很多，一些靠打魚爲生的傳統漁戶，也換了機動大馬力的漁船。

周宣摸了摸口袋裏的鈔票，還剩下一百八十塊，得趕緊找個工作、找個住處。不過，周宣不敢再用異能製作微雕等東西出售，因爲他製作微雕會太轟動，只要有一件流出去，傅盈的家人就能找到他，所以目前，他只能老老實實地隱姓埋名，不靠異能來過日子。

不過，周宣學歷不高，而且沒有任何證件，想要找一份工作也不容易。小村發展得快，幾乎跟個集鎮一般，酒店，飯店，超級市場，大市場，一樣不缺。

周宣找的都是要求很低的工作，如酒店飯店服務生，公司職員的招聘他是看都不看的，可是連酒店飯店招的臨時工也要高中文憑，身分證更是免不了的，周宣沒有辦法，解釋說是證件被盜了，但沒有誰聽他的話，直接就明說不要，連婉轉的餘地都沒有。

周宣快快地走出鎮上的商業街道，看來找工作不是件簡單的事，還是先填飽肚子再說吧，在一間小吃店裏花了十塊錢，吃了一份簡餐，身上的錢還剩下一百多。

福壽村雖然只是個小村子，但發展的勢態並不比內地的一個鎮小，也沒有那些汽車旅館。

眼看到了下午四點鐘，如果找不到工作，晚上還沒地方住呢。這裏旅館是有幾家，不過最便宜的也要一百五一晚，幾乎是周宣身上全部的家當了，當然不能爲了睡一晚花掉它。

走來轉去的，竟然又到了海邊，岸邊的小港口處，正停著幾輛車，岸邊停靠了一艘二十多米長的大漁船。

周宣走近了，看到幾個人正從漁船上往貨車上搬運魚箱子，一筐筐的魚正被運過來送到貨車上。

周宣站在旁邊，看到筐子裏的魚還不時在跳動，顯然是剛捕回來不久的魚，這些海水魚很奇怪，捕撈到的魚基本都是一群一群的，而且大小都相差不大，幾乎是一樣大小。

這些魚大概都是尺多長，三四斤左右，跟平時市場裏賣的鯉魚、草魚大不一樣，也不同於大頭魚，反正周宣不認識，當然也主要是因爲他對魚的種類並不熟。

在貨車邊拿著一枝筆、一個本子在做筆記的胖子看了周宣一眼，當即問道：

「搬貨，一個人四十，幹不？」

周宣一怔，然後點了點頭，說道：「幹。」

那胖子隨即指了指漁船上說道：「幹就搬貨，從船上搬到貨車上。」

周宣二話不說，當即捲起衣袖，沿著搭在漁船上的搭板到船上。

漁船甲板上擺滿了裝魚的筐子，搬貨的人一共只有五個，加上周宣就是六個了。

周宣看著甲板上搬走的筐子，看來才剛開始，當即學著另外五個人的樣子將筐子扛起來，搬到岸上，放到貨車上。貨車上也有兩個人在忙著裝貨，周宣他們幾個人扛的筐子放到貨車上，他們兩個就趕緊堆放好。

說起來，他們的工作要比周宣這邊六個人要輕鬆得多，周宣沒有練過武，體力不是很強，但這一年多來，異能對他體質的改變，實在不是別人能想像得到的，雖然體力不強，但耐力卻極強，累了疲了或者受傷後，幾乎可以在一呼一吸之間恢復過來。

這一筐魚至少重一百二十斤以上，漁船甲板上擺了差不多有兩百箱左右，六個人搬運，一個人要搬三十幾箱。

確實很累，那五個人搬著搬著就慢了下來，只有周宣一個人仍然步子不減。一個小時後，船上的魚筐還剩下二十多筐。

在這一個多小時之間，周宣一個人差不多就搬了近五十筐，那五個人眼見周宣越搬越猛，似乎有用不盡的力氣一般，相互望了一眼，就故意慢了下來，周宣搬了三筐，他們還沒搬過去一筐。

不過，周宣也不計較這個，仍舊埋頭搬他的筐子，直到搬完最後一筐，周宣一個人幾乎搬了整整七十筐，那個在岸上記總筐數的胖子也不禁對周宣多瞄了幾眼。

然後，胖子把他們六個人招手叫到一起，一人發了四十塊錢，那五個人拿著錢笑呵呵地走了，邊走還邊看著周宣，似乎在嘲笑這個有蠻力的傻小子。

周宣也不理會，拿了錢，就想趕緊去找個能住又便宜的地方，五點多了，眼看天就要黑了。

那胖子漫不經心地問道：

「你叫什麼名字？在這邊做什麼工的？」

周宣隨口道：「我叫……胡雲，剛到這邊，還沒有找到工作。」

周宣差一點就將自己的真實姓名說了出來，話要到嘴邊時，又硬生生地給收了回去，情不自禁想到了傅盈，隨即用傅盈的諧音編了個名字——胡雲。

那胖子點點頭，然後問道：「嗯，小胡，看你的身子有點單薄，沒想到你的力氣還不錯啊。」

周宣這才看了一下胖子，然後回答道：「我老家在鄉下，經常幹重活，所以不覺得有多吃力，鄉下人就是靠賣力氣吃飯的。」

那胖子大約三十多歲，看起來一臉的油光肥肉。

胖子笑了笑，又拿了十塊錢出來遞給周宣，說道：

「你很踏實，那幾個人狡猾多了，你一個人幹了三分之一的活，卻拿一樣的錢，也不說什麼。你這樣的人，就算是鄉下來的，現在可也不多見了。」

周宣沒有接那十塊錢，淡淡道：

「之前說好是多少錢就多少錢，鄉下人，力氣使了還在。」說完就往村子方向去。

只走了三四步，那胖子就叫道：

「喂喂，小胡，回來，我跟你聊個事。」

周宣轉過身盯著他，問道：「還有什麼事？別的地方還有貨要搬嗎？」

「呵呵，不是不是。」那胖子笑呵呵擺了擺胖手指，然後說道：「是這樣的，我看你這人很踏實，你不是說你剛到又沒工作嗎，我給你找份工作，暫時一千五一個月，包吃包住，如果幹得好，會加薪水，你願不願幹？」

第四十九章

討海生活

那胖子指了指岸邊的那艘漁船，
「在這船上打小工，一個月會出三四次海，偶爾也到遠海打漁，
一般是冬天魚群少的時候，春夏秋三季差不多就是在近海，
不打漁的時候你就是休息，怎麼樣？」

周宣一怔，本來是到處找工作的，費盡了心也找不到時，卻是從天上掉下來了一份工作，對多少錢一個月，周宣倒是沒有半點反應，不過胖子說的包吃包住，這對他目前來說，是最有誘惑力的。

周宣怔了怔，趕緊問道：「什麼工作？只要我做得來就沒問題。」

那胖子笑笑道：「只要你做事勤快，跟剛才一樣的心態，就肯定沒問題。」說著，他指了指岸邊的那艘漁船，「在這船上打小工，一個月會出三四次海，基本上是一週一次，一次兩三天，偶爾也到遠海打魚。到遠海打魚，一般是冬天魚群少的時候，春夏秋三季差不多就是在近海，不打魚的時候你就是休息，怎麼樣？」

周宣大喜，當即應允下來，要說隱姓埋名的話，在海上最好，任誰也查不到海上去，再說，一半以上的時間都在海上，休息的時候就在家裏不出去，這樣，他們是很難查到他的行蹤的。

「好啊，先生，請問你是這漁船的老闆嗎？」

「不是，漁船是福壽村玉家的，漁船領頭的是玉家的偏房二叔，名叫玉金山，船上還有四個人，本來是五個，剛剛走了一個，你如果去的話就剛好補數。」

周宣點點頭，又問道：「那我什麼時候開始工作？如果要馬上工作的話，我就要去買點隨身用品。」

那胖子擺了擺手說道：「什麼都不需要買，船上儲藏室裏一切用品都有，毛巾，牙膏，被子，什麼都有，甚至連內褲都有。」

周宣望了望四周，天都快黑了，自己正好連住處都沒有，要是現在就上船的話更好，至少有個落腳的地方。

「那什麼時候工作？」

那胖子摸出手機來，擺擺手道：「你等一下，我打個電話。」

把電話撥通後，胖子說道：「二叔，什麼時候出海啊？……哦，我給你找個人，挺年輕挺踏實的，很有把力氣，不過經驗可能就差了些……好，明早三點出海嗎？行……我讓他跟福貴守船吧。」

一聽到胖子的話，周宣一顆心就落下地了，工作的事看來是搞定了。

果然，那胖子收了電話後，對周宣笑笑道：

「小胡，好好幹，明天凌晨要出海，你今晚跟另一個人守前半夜，等一下那個人就來。」

周宣點點頭，然後就在岸邊等著，胖子看著來路，不多一會兒，一點亮光閃起，突突突的聲音中，那光近了，是一輛摩托車。

到近前時，周宣看清楚了，摩托車上有兩個男子，騎車的戴著頭盔，看起來很年輕，才十八九歲，後面坐著的那個男子有二十六七歲，看起來跟周宣差不多大，但很壯實，下了車後，站著比周宣還矮了半個頭，大約只有一米六左右。

那胖子指著周宣說道：

「福貴，這個是胡雲，小胡，你帶他到船上熟悉一下，凌晨準備出海。」

福貴眼神瞄了瞄周宣，然後手一招，說道：「上船。」

周宣向胖子說道：「謝謝你，那我上船了。」

福貴走在前邊，周宣跟在後邊，這條路剛剛下貨時走得有些熟了，但過了甲板後，另一邊地方他可就沒有來過了。

這艘漁船還真是算大的，比起周宣以前見過的可要大得多。一般漁船只有十幾米，這艘則幾乎超過了二十米，船頭有兩層鋼架板房。

進了艙房裏後，福貴指著最前邊道：「那裏是駕駛艙……這邊……」又指著左面四間小房間道：「這邊五間房是我們五個人的房間，對面三間房，船長玉二叔和副船長老江，另一間是食品房，下面是倉庫。」

福貴說著，指了指左邊最末一間：「這間房是你的，等老江上船後會給你日常用品，房間裏有被子，是以前包二毛的，將就著用吧。」

周宣點點頭，走到最末那道門口，然後輕輕推開了。

與其說這是五間房，還不如說是五個大抽屜，房間裏就一個一米的單人床，高倒是有兩米來高，但寬則只有一米三左右。

船前艙部分的鋼架屋整長只有七八米，船身除了鋼桅杆後，就是機械撒網器，能撒能撈，當然還是要人工作業的。

現代漁船都是全機械的，跟以往的人工撒網不一樣，網撒出去，最小範圍都能籠罩五六百平方，深能達到七八百米，漁網是比筷子小不了多少的尼龍繩編織而成，網孔的眼格一般能網住最少兩斤以上的魚，再小的就會漏出去。

打魚也是有規矩的，不能捕幼魚，否則就是斷了漁民自己的後路。

房間雖窄小，但周宣卻覺得還不錯，打開燈，床上的被子略有股汗味，房板上有幾個貼上去的衣鉤子，是專門掛衣服的。

周宣坐在床上試了試，鋼架子床，雖然有點晃動，但卻足夠撐得住他，朝外的方向有一個半米左右大小的玻璃窗，朝窗外看出去，遠處燈光點點。

天色完全暗了下來。

周宣確實有點累，和衣躺在床上。才剛躺下去，福貴就在門上敲了敲，然後探了個頭進來。

周宣一下子坐了起來，問道：「有事嗎？」

福貴眨了眨眼睛，笑嘻嘻地道：「要吃速食嗎？」

周宣怔了怔，摸了摸肚子，在小吃店吃了那個便當後，又幹了一個小時的重體力活，到現在確實也有些餓了。

當即點點頭道：「好啊，我也餓了，吃一點也好。」說完，又對福貴說道：「福哥，我請客吧，吃好的沒那個能力，吃個速食還沒問題。」

福貴一怔，訝然一下，隨即又馬上咧嘴大笑起來，差點連腰都直不起來，笑得連眼淚都流了出來，到後來「哎喲哎喲」直叫喚。

周宣趕緊把福貴扶起來到床上坐下，然後用左手在他後腰處一頂，異能一掃而過，就這麼一下，福貴終於止住了笑，擦了擦眼淚，雖然止住了笑聲，但臉上仍然是笑不可抑。

周宣不知道他到底在笑什麼，想了想剛才的事，福貴就跟他說了一句話，好像就只問了他吃不吃速食，而自己說餓了，想請他客，難道這有那麼好笑嗎？

看著周宣一副呆呆的樣子，福貴忍不住地笑，說道：

「你知道我說的速食是什麼嗎？你還餓了就吃，笑死我了……」

周宣瞧到福貴臉上的古怪神情，忽然臉上一紅，一下子明白了福貴所說的「吃速食」是什麼意思了。

「算了算了，我還是不…不吃了……」周宣紅著臉，趕緊搖著手說。

福貴哈哈笑道：「小胡，看你這個人挺耿直挺踏實，我請你吧，要……吃嗎？」說吃的時候，眼睛盯著周宣，嘿嘿笑了笑，又道：「其實也不貴，熟人，一百。」

周宣這一下肯定了福貴的意思，幹那事在這兒可能是叫「吃速食」吧，就在他尋思為什麼叫「吃速食」時，福貴又笑道：

「凌晨要出海，所以不能留過夜，其實我最喜歡的便是過夜，想弄她個多少次就多少次，吃速食就一次，完事就走人。」

「你……你自便吧，我太睏了，還是睡覺吧。」

周宣哪還跟他再扯這些話題，趕緊又躺下去。肚子裏的饑餓也不管了，餓就餓吧，一晚上也餓不死人。

福貴笑了笑，然後起身到對面的房間裏拿了泡麵和罐頭，說道：

「不吃那個吃這個吧，到我那兒再拿個電熱水壺，燒點開水就可以了。」

周宣謝了一聲，接過泡麵和罐頭，然後又跟他到隔壁拿了電熱水壺，問道：

「福哥，你也來一碗吧？」

福貴擺擺手道：「不用了，我剛在家吃過了，你弄你的，我到隔壁打個電話。」走到門外邊又轉頭說道：「有什麼需要就跟我說一聲，到船上了，就跟弟兄一樣，沒那麼多規矩講。」

周宣點頭回答著：「我會的。」

一般來說，跑船的人性子都很直爽，不講究細節，也容易交往。在船上的人，有時候長達一兩個月都在船上，短的也是幾天，像福貴他們這是漁船，在海上待的時間還算是短的，要是大的貨輪，最長的時間有時甚至會長達數月。

而且跑船都有風險，在海上，海浪風暴是常事，跑船的人都是提著腦袋在幹事，今天不知明天事，所以跑船的人都是今朝有酒今朝醉的人。

周宣自然是沒有心情跟福貴說那些風花雪月的事，自顧自地在窄小的房間中燒水泡麵。一壺水只兩分鐘便燒開了，煮泡麵剛剛好夠，罐頭是魚肉的，挺香。周宣還想再問一下福貴吃不吃，這時，就聽到岸邊傳來小車的聲音，福貴急急跑了出去。

周宣從玻璃窗上望出去，岸邊停著一輛計程車，一個穿紅色棉裙的女子從搭板上走了過來，福貴走過去摟著她，呵呵笑起來。

兩人一邊嘻鬧，一邊走上船來，福貴伸手捏著那女子的胸部，那女的扭動了一下，然後也把手伸進了福貴的褲子裏。

周宣趕緊把頭縮了回來，又趕緊把門關上，接著就聽到福貴和那女人說著渾話進來，打開門後進去，沒幾下，就聽到那鋼架子床「嘎吱嘎吱」猛叫和女人的呻吟聲。

周宣臉紅心跳的，忽然想起了剛剛新婚的盈盈，心中一酸，抬頭望著窗外的黑夜，盈盈此刻又在哪兒呢？回紐約了還是仍在京城？

雖然離開了傅盈，周宣心底裏卻是無時無刻不在思念著她，可他也知道，自己絕不能回去見她，要不然就前功盡棄了，要再看到盈盈那痛苦的模樣嗎？

他甩甩頭，立刻丟去了那些思念，否則今晚就不用睡了。不過，不想傅盈的時候，耳朵裏卻儘是那福貴跟女人的聲音，福貴雖然沒有發出聲音，但那氣喘如牛的氣息卻是聽得很清楚，那女人則是毫無顧忌地叫喊著。

周宣實在忍不住了，就悄悄起身，輕輕地把門打開，然後摸到船上，遠遠地跑到甲板的那頭，在船舷邊坐下來。

甲板上十分冰涼，但周宣卻不怕冷，他身上的異能可沒有隨著他的逃跑而消失。望著東海邊的夜景，可惜太暗，肉眼看不見遠處，而異能卻只能探測到兩百米遠，在茫茫大海上，兩百米就跟螞蟻翻一座山一般的感覺。

周宣耳力太好，雖然隔了二十米，但福貴和那女人的聲音仍然傳進了他耳朵裏，只是沒有近在隔壁的那種刺激感。

福貴沒堅持多久便氣喘如牛地癱軟了，周宣聽到那女子開始穿衣穿鞋襪，又聽到福貴給錢的聲音，最後是一句：

「不送了啊，下次再約你。」

那女人嘻嘻笑著，出了福貴的房門。往甲板上走過，在船邊準備上搭著岸上的橋板時，忽然見到船舷邊坐著一個黑乎乎的身影，頓時嚇得尖叫一聲，差點一跤摔進海裏。

周宣趕緊站起身道：「別怕別怕，我是船上的人。」

那女子這才站住身，看了看周宣，黑乎乎的也看不清楚，但聽到他說話了，又沒別的動作，倒是放心了，卻又忍不住惱道：

「你這人，躲在這個地方，黑不溜秋的，想嚇死人啊。」

周宣也不想再跟她說什麼，回轉身就往船艙裏走，後邊那女子這才嘀嘀咕咕地惱著上岸走了，還走得很快。

這一帶的路很黑，過了三四百米遠才是有路燈的道路，不由得她不怕。

周宣回到房間裏後，隔壁福貴的房間中傳來了呼嚕聲，在激烈運動後，這個福貴便如一頭豬一般睡著了，恐怕是抬走他都不知道醒過來。

周宣這次離家出走時，別的什麼都沒帶，卻帶了一顆九星珠。這個東西對他還是有幫助的，就如同當年那顆晶體一樣。在他能量耗盡的時候，這顆九星珠就可以像儲電廠一樣供應源源不斷的能量，以備萬一之需吧。

從九星珠裏吸收完能量再轉換後，周宣專心練起功來，不知不覺中就睡著了。

不過，凌晨兩點半的時候，他突然被響聲驚動，周宣異能探測出，馬上發現有五個人上了船。

兩個四十來歲的中年人，三個二十七八歲的年輕人，一共五個人。周宣趕緊起身，然後把船艙裏的大燈打開，五個人都盯著周宣看。

「我叫胡雲，是下午剛到的，那個……」

周宣自己介紹著自己，不過一說到那個胖子招收他時，卻才想起，到現在還不知道那個胖子是什麼人。

爲首的那個年紀最大的人擺擺手道：「我知道了。」然後又指著他旁邊的那個人說道：「我先給你介紹一下，他是我們這船上的副船長，叫他老江，我叫玉金山，是這艘漁船的船長，在我們這個地方，你要記住的就是多做事，少說話。」

周宣點點頭，然後看著玉金山問道：「玉船長，那我現在要做什麼事？」

「先跟著福寶、福山兩個人做做船上的下手再說。」王金山又指著邊上兩個年輕人，說道：「以後不要叫我玉船長，在這裏，誰都稱呼我玉叔，叫我玉叔就行了。」

福寶和福山兩個人當即揮手對周宣說道：「你跟我們過來，收船板。」

周宣默不作聲地跟了過去。船板上的防霧防水大燈開著，照得船板上明晃晃的。福寶指著運到岸邊的一堆塑膠魚筐說道：「現在把魚筐搬到船上，然後收板。」

那些魚筐就是下午周宣搬過的，一模一樣的。不過，現在是空筐，一個個摞起來，一人高的筐就有數十個，周宣一次搬二三十個，六七次就把兩百個空筐都搬到了船上面。

福寶和福山看到周宣做事很俐落，還算滿意，要是以前那個，那還不是得他們幾個下手出力，現在好了，新來的下手就得由他們指揮，別人多幹活，他們就可以少幹些活了。

這福寶和福山都是福壽村本村人，不過卻是家庭最貧窮的幾戶，又沒讀什麼書，只有一身蠻力，在工廠做工，工資又低，索性到船上幹。相對來說，船上的工資算不錯的，一個月只有一半時間在船上，但工資能掙上五千左右。

像周宣這個新來的，當然工資就低了，不過那胖子沒有跟周宣明說，只要試用合格後，一個下手也能賺到三四千以上，這是最低標準，因為現在願意上船的年輕人不多了，船上的活太辛苦，太枯悶，又有許多規矩，船上不讓上女人，所以很難找到合適的工人。

今晚那個福貴叫女人，也是趁玉二叔還沒來的時候，要有玉二叔和老江在，打死他也不敢。

其實，福貴也是本村福姓人，跟福寶福山是隔房兄弟，在福壽村，福姓跟玉姓是並排的兩大姓，不過福姓人在最近幾十年落沒了，而玉姓人卻發展得極快。

村長玉長河就是玉家最傑出的一個人，玉家在整個海濱市也是叫得響的大家族，玉家的事業極爲興旺，資產幾達數億，涉及了餐飲、娛樂、運輸、房地產等等。

不過，玉家最早的產業就是一條小漁船，之後數十年間，小漁船變成了四條大漁船，但這對玉家來說，不過是九牛一毛，因爲是最早的基業，所以發家後也沒扔下，玉家的漁船業就交給了玉家的大女婿趙成光來管理了，周宣下午見到，並讓他來船上工作的那個胖子，就是玉家的大女婿趙成光。

玉家幾大主要產業，分別由玉長河的大兒子玉瑞和二兒子玉祥來打理，女婿到底是隔了一層，管理的是最不起眼的產業，但就是這不起眼的產業，四條漁船，每條船一年的淨收入也高達三四百萬元，四條船年淨利潤也能達到一千多萬。

因爲自家有大量的海魚，所以玉家還有配套的魚製品廠，如魚罐頭廠，海魚加工廠等等，玉長河實際上就是海濱市的首富，因爲祖家在福壽村，是以他的總部就設在了福壽村，當然，這也只是他個人的總部，公司的總部其實還是在海濱市。

老不忘本，這是玉長河常說的話，老家在福壽村，又是靠兩條小漁船起家的，所以他始終不肯丟開玉家的漁業，他常跟趙成光說，別看交給他管理的船業是又累又髒的活，但這是玉家的命脈，玉家就是靠這個起家的。

他是這樣說，但趙成光和他老婆，也就是玉長河的大女兒玉蛾卻不這樣想。趙成光是有氣也不會說出來，但玉蛾可就不這樣想了，經常跟她老子玉長河嘀咕，說老頭子偏心，好賺錢的不給趙成光。

而這船上的船長玉金山玉二叔，是玉長河的隔房兄弟，沒什麼學問，但自小就在玉長河的船上打工，玉長河發跡後，主要產業轉移到陸地上，這漁船就請了玉二叔幾個老漁人，有經驗，又是自家的親屬，比外人要好。

除了福寶、福山、福貴，老江，玉二叔外，還有兩個年輕人，一個叫玉強，一個叫關林，玉強是玉家姓人，玉長河的遠房侄子，不算親，但總是一姓，另外一個關林，卻是玉二叔自己親大哥的女婿，不是本村人，但卻是他的嫡系親屬。

關林和玉強兩個人的地位在這條漁船上比較高，除了玉二叔和老江外，就數他們兩個了，幹的也是技術活——玉強在駕駛室幫玉二叔開船，學駕駛，關林操作撒網器，當然也是協助老江，而福家三兄弟就是純粹的幹體力活，哪裡需要到哪裡，是船上最下等的工人，如今周宣到了船上，差不多周宣就是最下等的員工了。

福寶和福山見周宣俐落地把魚筐搬到船上，當即又收了錨，再一起動手把搭板收回來，不過這個東西是半機械的，不大費力，把搭板收回到船上，玉二叔便透過船上的廣播通知開船了。

開了船後，船上的人都到了艙中，福貴這時候也起來了，開船的行程中是最閒的時候，福貴就嚷嚷著：「玩牌玩牌！」

因爲現在是枯季，冬天海水減退，天氣又冷，海岸近處魚群少，在近海是打不到什麼魚的，得到深海去打魚，所以一去就是幾天，長的時候甚至是一周以上，單邊行程往往會超過一天以上，在這個行程中，船上的人便無所事事，打發時間的活動除了玩牌賭錢，就是看碟片，睡覺的時候倒是不多，睡幾個小時夠了也睡不著。

在船上賭錢看片子，玉二叔和老江也不禁止，都是大男人，哪個不愛好這個？船上的人連這個都要禁的話，那就真的招不到人手了。

玉二叔和船上的其他人也都不問周宣是哪裡來的，似乎沒人關心這個。

一說到玩牌，幾個人興致都起來了，哪怕是凌晨也沒了睡意。在艙中的位置鋪了一塊大地毯，幾個人都脫了鞋坐到中間，就玉二叔在駕駛艙中開船，老江、關林和福家三兄弟等五個人都坐到了地毯上。

福寶一歪頭見到周宣在一旁整理東西，當即招手叫道：

「胡雲，別搞那些，又不是娘們，整理那麼規矩幹嘛，過來過來，來玩牌，人多興致好。」

周宣搖搖頭道：「你們玩吧，我沒錢，就不玩了。」

老江瞧了瞧周宣，想了想道：「到了船上就是一條繩上捆著的，不玩沒意思，玩得又不大，混時間的，來吧，錢多錢少都可以玩，如果你實在沒錢，我可以借給你五百，反正回來後就會發錢了。」

老江當然不會擔心借錢給周宣收不回來，因爲每個人的工資薪水都是他來算，玉二叔過目，最後交給趙成光發錢，周宣要是借了錢，自然逃不了。

說實在的，周宣不想賭錢玩牌，但凡沾了一個賭字的，哪怕說得再好，一旦輸了錢，那心情又如何高興得起來？

不過老江說了，到了船上不跟他們一塊混，那關係自然是相處不好的，周宣想了想，就把身上的錢都掏了出來，數了數，自己本來還剩一百七，趙成光又給了他四十塊搬運費，一共還有兩百一。

於是周宣笑笑道：「我還有兩百一，輸完就算了，我可是不會玩，不過你們也說了，不玩沒趣，那就算我一個吧。」

周宣也沒問是玩什麼牌，什麼賭法，直接就到福寶的身邊坐下去，因爲福寶身邊的空位較寬。

老江幾個人見周宣說不會玩，但他們一勸，馬上就跟過去坐下了，性子倒是挺隨合，倒也不討人厭。

老江手裏拿著一副新撲克牌，把一對鬼牌挑出來，說道：

「玩金花吧，最普通的，也最好玩，人多熱鬧。」

老江發牌的時候，每個人都掏出現金放在自己面前。周宣已說了自己只有兩百一，輸完算數，其他人掏出來的也並不是很多，大概玉強和關林最多，百元大鈔就有十來張，至少有一千以上，福寶，福貴，福山幾個人只有五六百，老江可能有一千左右，周宣最少。

老江見周宣並沒有說跟他借錢，也沒說什麼，心想他可能是輸完了再借吧，兩百塊錢要跟關林玉強這幾個賭牌狠手來玩，估計要不了幾把，就會輸個精光。

平常在船上玩，十次有九次都會輸給這兩個傢伙，想必是錢多膽大，人又聰明些，詐金花技術好，而福家三兄弟是大輸家，每月的五千工資，至少有一半會落到關林玉強手裏。

老江打牌比較穩，雖然也是輸多贏少，不過輸也沒輸多，最多也就輸個兩三百。他打牌很穩，就算拿到三條那樣的大牌，只要不是三條A的至尊，能跟人拼上兩三百塊的，人家不開牌，他自己也會開牌了，所以，即使輸，他也沒輸過什麼錢，但是，他同樣也贏不了什麼錢。

關林瞧了瞧周宣，當即說道：

「今天多了個小胡，他是新人，就先說說規矩吧。跟以前一樣，三條A最大，二三五最小，不同花色的二三五可以打三條A，鍋底兩元，兩百封頂，看牌跟翻倍，明白嗎？」

眾人都望著周宣。周宣當然明白，規矩其實只是跟他一個人說的，於是點了點頭，這些規矩，一說就懂。

老江發牌，最先的是福山，接著的是玉強、關林，然後就是周宣、福寶、福貴，老江自己在最後。

第一個人是必下暗注的，七個人都放了兩元的鍋底，福山又多放了兩塊錢作爲暗注，玉強和關林都是想也不想就扔了兩塊進去，跟著暗注。

周宣想了想，還是提牌看了一下，雖然異能早探測到自己的底牌是一對老K，但仍做了個樣子。跟船上的這些人玩牌，不同於以往跟那些大賭家，他並不想贏他們的錢，不能爲了幾百千來塊，把關係搞壞了。

第五十章

螳螂捕蟬

他不知道他這三條十也是關林給他下的套，
如果不是周宣出手，這一局就會把福貴輸個底褲都沒有。
但螳螂捕蟬，黃雀在後啊，
關林和玉強沒想到，周宣弄了一下手段，
就讓他們兩個的心血完全泡湯。

周宣拿起牌看了下，然後蓋了牌問道：

「如果我跟，要跟幾塊啊？」

幾個人都盯了他一眼，關林就說道：「跟五塊吧，大家都一樣。」

周宣點了點頭，然後從自己面前的錢裏抽了一張五塊的放了進去。

周宣後面是福寶，他提牌看了一下就扔了，接著福貴和老江都扔牌。

輪到頭家福山又說話，也拿了撲克牌看了看，猶豫了一下，也放了一張五塊的進去。

玉強笑了笑，想也不想就放了一張十元的鈔票，說道：

「我來審一下，你們誰的牌是真貨，暗注十元。」

玉強暗注是十塊錢的話，後面的再跟就得二十元了，以周宣的本金，可就跟不了幾次，不過，周宣用異能探測到，福山確實是詐雞，手上只有AK十的散牌，不過看到玉強和關林暗注，看牌跟的又只有周宣這個新人，錢又不多，想必猛一打錢就把他嚇跑了，兩百塊能有什麼搞頭？

玉強的底牌倒是有一對十，而關林則是極差的散牌，不過，關林在玉強暗注了十塊錢後，也毫不猶豫地跟著暗注。

周宣知道他的底最大，當然也就再跟了二十塊錢，福山喃喃地咒罵了兩句聽都聽不懂的話，然後扔了牌。

玉強微微一笑，盯著周宣的牌看了看，然後放了二十塊錢，笑道：

「我再審一下吧，暗注二十。」

按照剛剛關林說的「暗二跟五」的規矩，玉強暗注二十，周宣就得跟五十了。關林盯著自己的底牌看了看，然後提起牌一瞧，隨即扔了，面無表情。

又輪到周宣了，這時周宣的錢只剩下不到一百八了，如果再跟就是五十，要看關林的底牌的話，就得花一百塊錢，雖然底牌他的一對老K肯定贏了關林的一對十，但如果他不看關林的底牌，接著關林再漲價的話，周宣連看他底牌的錢都不夠了。

周宣想了想，便放了一張一百元的鈔票，說道：

「沒錢了，我看你底牌，我是一對老K。」

周宣不看也不行，因爲關林再漲價，只要不超過兩百的封頂數，那就不是違規，之前可是說好的，也不算故意拿錢壓周宣，所以周宣爲了防備自己彈盡糧絕，還是看他的底牌吧。

關林翻開自己的底牌，見是一對十，笑笑道：

「小胡運氣真好，第一把就贏錢，看來我今天不怎麼樣，第一把暗注能抓到對子，但卻還是要輸錢，兆頭不好啊。」

周宣見關林說話皮笑肉不笑的，探測到他的氣場沒有起伏，想來這傢伙很冷靜，說這話只不過是煙霧彈罷了，當不得真，要信了就會死得很難看。

這一把，周宣贏了五十多塊錢，包括鍋底，其實並不算大，不過，總現金就漲到了兩百七左右。

按照規矩，發牌是由贏家來，所以得由周宣洗牌發牌。

周宣洗牌的手法著實笨拙，這並不是裝的，而是事實。他本來就不擅長這個，倚仗的只是異能，而在旁邊的幾個人都看得出來，周宣贏這一把只是運氣，與賭技無關，到最後還是挨宰的人而已。

周宣洗好牌後開始發牌。

他的下家是福貴，然後是老江、福山、玉強、關林、福寶，不過在發牌的時候，周宣注意到了玉強和關林兩個人都在使勁地盯著撲克牌背面，心裏一動，發牌時的速度就加快了些，然後，派給每個人的牌都疊在了上一張背面，三張牌迅速發完。

發完牌，又用異能觀察著玉強和關林兩個人。

周宣的異能隨著玉強和關林的目光，投射在撲克牌背面的某一個點上，周宣發覺到，他們兩個人都在看牌面上的這個點，當即注意看起來，立即發現那個點有問題，然後把其他牌背面跟這張牌面的點做比較，頓時恍然大悟。

原來這牌是千牌，背面那個點就是牌面相應的記號，每一張都有個不同的記號，只是在背面的花色中混雜在一起，很不容易發現。

周宣趕緊又探測了一下幾個人的底牌，這一次倒是有幾副好牌。

老江是順子七八九，關林是二六七的方塊小同花，也稱爲金花，玉強的是一對A，周宣是爛牌，其他幾個人也都是一把爛牌。

首家是福貴，周宣的下家，必暗注兩元，然後老江看牌，當看到底牌竟然是順子七八九時，臉上明顯露出了懊悔表情，嘆了口氣，然後才放了五塊錢進去，暗注兩元，明跟就是五塊錢。

然後是福山，前面的老江看牌跟了，他自然就不會再暗注了，當即拿了牌看，一看就惱了一下，然後扔了牌。

關林不動聲色地又繼續暗注，但這次漲了價，暗注二十元，暗二跟五，這傢伙很會計算，他暗注十塊的話，後面明牌只跟二十，但他暗注二十，後面就得跟五十，很划算。

關林後面的玉強瞧了瞧關林，然後拿起底牌一看，嘆了嘆，說了聲：「牌真差！」然後一把就插進了中間的廢牌中。

玉強的這個動作讓周宣可以肯定，他是知道這牌有問題的，底牌一對A都不跟，直接扔牌了，還裝模作樣地說牌差，顯然是知道關林的底牌大過他了。

後面的幾個人都扔了牌，一圈下來，就只剩老江和關林兩個人了。

老江的底牌是順子，又跟一圈，而關林又是暗注，怎麼也要再跟一次，當即又跟了五十元。

關林想了想，然後拿起牌看了看，笑道：

「老江，我牌大，只能跟五十了。」

老江一怔，他七八九的順子，當然不能因為關林的一句話就扔了，但瞧關林的樣子也不像說瞎話，以他的經驗來看，知道是有問題了，想了想，咬牙抽了一張一百的扔進去，說道：

「開牌。」

說完，先把自己的底牌翻了過來，是七八九的順子。

關林微笑著把底牌翻了過來，是個小金花。老江當即「哎喲」一聲。不過，輸了錢卻也沒有怨關林，關林剛剛說的話，其實就是不想讓他多輸錢。

關林的確也是那個意思，在船上，老江是副船長，跟他關係搞太僵就沒意思了，要贏錢，就贏福家三兄弟和那個新來的胡雲的，不過，胡雲沒什麼錢，又沒跟老江借，賺不了他的錢，只是在這船上頭，有的是時間，以後福家三兄弟和這個胡雲就會替他和玉強兩個人打工了。

這個千，實際上是關林和玉強兩個人搞的，他們兩個早就串通好了，買回來的撲克牌全是他們進來的千牌，也確實騙了福家三兄弟不少的錢。

接著，關林再發牌，周宣這時已經將重點放在他和玉強身上了，眼睛雖然沒有盯著他們兩個，但異能卻是一絲不漏地緊盯著。

關林發牌的時候，周宣忽然發覺，他發給玉強的牌，是從底下發出來的，只是動作極快，而周宣又探測到，牌底下的那三張牌是三條A。

原來關林是跟玉強合夥的，發給他三條A的天牌，這樣贏錢的是玉強，而不是他關林，別人也不會懷疑他。

這牌也洗得太詭異了，肯定是使了老千，雖然周宣不懂這個手法，但異能卻探測得到，這一把發給福貴的，竟然也是個天大的牌，三條十，這還不得把他的家底輸完了。

周宣當即在發最後一張牌的時候，用異能把關林手中的牌最下面那張A吞噬了，於是，關林接著發給玉強的最後一張牌，就變成了方塊二。

當然，周宣又用異能把這張方塊二背面的暗記轉化吞噬了一丁點，就好像脫了點色一樣，恰好瞧不見這個暗記了。

發完牌後，關林瞧了瞧眾人，見他們都在關注自己的牌，沒人注意他，當即向玉強微微點了點頭，這些動作自然是逃不開周宣的探測。

玉強心裏一喜，自己面前的三張牌分開散放著，略微瞧了瞧，前兩張的記號很明顯，是兩張A，最後一張記號有點模糊，不過關林剛剛給他遞了暗號，知道搞定了，肯定是三條A

了。

玉強的下家是福寶，福寶首家暗注兩塊錢，接下來是周宣，周宣卻是忽然發了個狠，笑道：

「反正我也贏了幾十塊，給你們助助興，暗注二十塊錢。」

暗二跟五，周宣這個最不起眼的新人竟然敢暗注二十，可是讓眾人都跌破了眼鏡，不過驚詫歸驚詫，關林和玉強卻是高興得不得了，這傢伙發傻了，總共才兩百來塊錢，竟然還敢暗注二十，不過也好，這可幫了他們的忙，要是前面就暗注二十，後面的人要麼不跟，要麼暗注也是二十，贏錢可是他們的事啊。

周宣的舉動確實讓他們奇怪又驚詫。在周宣後面的是福貴，忍不住惱道：

「你這傢伙，怎麼瞎灑錢呢，你以為這是紙啊，這可是錢！你看看，我本來想暗注的，你這麼一搞，暗注也得二十，多不划算。」

周宣勸道：「福貴哥，暗注吧，怕什麼，我都不怕，你可比我強多了，眼一閉就扔錢了，才二十呢，叫速食不是還得一百嗎？」

福貴臉一紅，嘿嘿笑了笑，然後一咬牙，說道：「暗就暗，怕什麼，二十就二十。」

說完，福貴就數了兩張十塊丟了進去，偏生這一局中，後面幾個人都有牌，要麼對子，要麼順子，而且福山和福寶都是金花，這一把可有得拼了。

後面的幾個人都是看牌跟的，幾個二十扔了進去，中間的位置上頓時就超過了兩三百塊錢，輪到玉強的時候，玉強笑著說道：

「這一把可夠刺激了，看來你們都有牌了，我就給你們湊個興，我暗注五十。」

玉強這麼一搞就是到了頂，暗注五十，明牌得跟一百，看牌就得兩百塊了。

不管有沒有牌，看到錢多就夠讓人興奮和刺激了，頓時，一圈圍著的人，眼睛裏都直發光，心裏火燙火燙的。

關林在玉強後面，笑著也抽了一張五十的扔進去，說道：

「我也來湊個興，暗注五十吧。」

關林的意思，只有周宣和玉強兩個人明白，他這是扔錢讓眾人跟注，因為錢多。再說，他們兩個肯定這局會贏，所以扔多少錢進去都無所謂，反正都會回到他們自己手中。

再輪到福山了，看了底牌，是七八K的紅桃同花，有老K算是一個大金花了，心裏一激動，手也有些顫抖了，不為別的，就為中間那一堆錢啊，趕緊又看了一遍底牌，確認是金花後，這才顫抖著手，放了一百塊錢進去，說道：

「我……我跟一百。」

寶山過後就是周宣了，周宣提牌看了看，然後嘆息了一聲，扔了牌。

周宣的動作自然沒有人注意，反正他也沒什麼錢。

周宣之後就是福貴了，因為福貴是周宣最先認識的一個人，對他也算不錯，暗中相助一下也沒什麼，總之，他是瞧不慣關林和玉強兩個人。

福貴看得眼發直，好半天才明白輪到他了，手顫了顫。

錢多晃眼，還是看牌吧，要他暗注五十那是不可能的，除了周宣扔牌，其他人都還在，而且都明暗地跟上了，跟這麼大注，想想也知道肯定是有牌了，再暗注就是傻子了。

福貴伸手要提牌看，周宣伸手一攔，勸道：

「福貴哥，還是暗注吧，你看下面這麼多錢，暗注都值得。」

福貴啐道：「小胡，你傻了啊，都跟了注，用腳趾頭都知道人家有牌了，你錢多啊，不是你出錢自然不心疼了，你扔錢試試看！」

「扔就扔吧，嘿嘿，反正我還贏了幾十，就把這幾十當沒贏過就是了。」周宣說著，就放了張五十的進去，然後又問關林幾個人：「我暗注五十，可以嗎？」

關林笑呵呵地道：「當然可以，這是你跟福貴的事，如果他不反對，說好分給你多少錢，那就無所謂。」

周宣搖搖頭道：「我不是想分福貴哥的錢，只是看到盤子中這麼多錢，有點激動，就算扔五十塊錢湊個興，好玩而已。」

關林和玉強當然高興，也不反對，隨便加多少錢都可以，反正是他們贏定了，加多少錢都是他們的，他們又怎麼會跟錢過不去？

聽到周宣並不是想分錢，又白替他暗注了一下，福貴沒想到，這個胡雲雖然是新來的，看樣子又是鄉下人，卻是有些氣度胸襟，心裏倒是有些喜歡起這個傢伙來，心想，他要加就加吧，雖然百分之九十九是輸了，但好在錢不多，就算是湊個興吧，看著有這麼多錢也高興。

接下來，福寶和老江都各自放了一百塊，轉眼之間，盤子中就有了一千多。

再輪到福貴的時候，福貴死也不肯再下暗注了，提了牌來看。不過，這一看下去，開始是愣了一下，然後面色大變，心裏撲通撲通直跳。

周宣暗嘆，這一副三條十的天牌明顯是關林作的局，瞧福貴這個表情，喜怒都寫在臉上，不中陷阱才怪呢。

福貴神情緊張得不得了，捏著紙牌的手指用力得骨節都凸了出來，好不容易才凝神屏住呼吸，手指哆嗦著放了一百塊錢，然後道：

「跟……跟……我跟一百……」

後面的老江可不敢再跟了，想了想，放了兩百決定看福山的牌，他自己的底牌是K九七的金花，而福山的底牌是K七四的金花，老江險勝。

但險勝也是勝，總比輸了好，老江看了看在場的人當中，明牌的就他跟福貴福寶三個人了，福山死了，胡雲扔了，他最害怕的關林和玉強兩個人，他們卻又是暗注，暗注可沒把握有牌，他的贏面應該是最大的了，不是嗎？

老江哪比得上關林玉強的年輕有心機，加上對現在的千牌並不熟悉，哪裡想像得到關林和玉強做下的這個局？

考慮了一下，其實用不著考慮，老江都知道自己會繼續下注的，沒理由K大的金花不去吧，當即又放了兩百塊。

這一次，老江要求看底牌的是關林。

說實話，老江最怕的就是關林，這個年輕人，心機太多，雖然他不明白，但總是不放心，心裏也最忌憚他，要是沒有關林在場，老江手腳都能放得開些。

這種心態，其實就是一個氣勢的問題，關林是玉二叔親大哥的女婿，關係不同，老江奈何不了他，這種忌憚自然也帶到了賭局上來。

周宣雖然扔了牌，卻沒有半分鬆懈地探測著關林和玉強兩個人，老江的心思，關林把握得異常到位，這一把，他已經把好牌發給了玉強，自己手裏其實是一把爛牌，老江要看他的牌，也正合他的意，被刷下去也好，還少扔錢進去，也讓老江更爲放心了。

老江一說要看關林的牌，關林就笑著把牌合在一起，牌面向下的遞給了老江，笑道：

「老江，我的牌很大，你自己看吧。」

老江怔了怔，心裏著實有些害怕，關林越是這樣說，他越害怕，畢竟在玩金花中來說，抓一副K大的同花牌，並不是絕對的大，隨便一個A大的同花就打死了他。

不過，老江記得關林的牌還是暗注，似乎他自己並沒有看牌，抓起來就遞給了自己。

老江有些擔心，把牌拿到自己手中，四下瞧了瞧，遮住了別人的視線，然後自己偷偷瞧了瞧，這一看之下，心裏頓時大大鬆了一口氣。

關林是一副四五九的散牌，小得不能再小了，別說他的是K金花，就是一條單K也贏不了關林的牌。

老江嘿嘿笑了笑，把關林的牌順手扔進了廢牌堆裏，然後笑道：

「好大的牌啊，不過，比我就小了那麼一丁點。」

關林笑笑道：「難得一副好牌，卻又遇到了老江叔啊，老江叔就是我的剋星。」

老江似乎得到極大的滿足，很有面子一般，笑呵呵指著玉強道：

「玉強，輪到你了，還不看牌嗎？」

玉強一咬牙，嘿嘿道：「不看就不看，說不定我的底牌是天大呢，暗注，我要繼續暗注五十，就當送給老江叔了。」

說著，他又把自己面前的錢拿起來數了數，不過，除了幾張碎散錢外，儘是一百的，沒有五十，於是就拿了一張一百的放進去，笑道：

「盤子裏還欠我五十啊，繼續悶，只要老江叔願意。」

說這些話時，他似乎都沒想到還有寶貴在場呢。

不過周宣知道，老江只是一個K金花，拼到後面，自然是沒有膽量跟下去的，再說，以老江的性格，就算是拿了一副大牌，最多拼幾手，他就不敢再拼下去了，人家不看牌，他就要看人家的牌了。

關林被老江打死，福山也被老江打死，然後又輪到福貴了。

福貴這時候後悔到了極點，後悔沒有聽周宣的話，要是聽他的勸，繼續暗注下去，自己這副牌可不知道要吃多少錢進來。

這一手牌，別說是面前這點錢，就是有老婆在旁邊，他也要咬牙押上去，反正不管押什麼上去，回來的總是一倍的結果。他不相信有那麼巧的事，老江和玉強也有三條。

而且，看樣子也知道，老江的牌極有可能是個金花。要是三條，老江就是個傻子也會再等兩手，否則哪會這麼早就去看人家的底牌？

而玉強可是關林發牌過後就沒動過牌的，到現在還是暗注，也沒有看過牌。無論如何，就算他運氣再好，暗注的牌也不可能會是三條吧？再說，就算是三條十，那也算是中上的了，除了三條J、Q、K、A這四手牌外，不管是什麼牌，都得死在他手中，拿三條的機率該有多小？

福貴說什麼都不相信玉強暗注的牌能大過他，也不相信還有可能得到那四手天牌，怎麼估計都是他的牌最大了。

福貴緊張得不得了，一來是他牌大，二來盤子裏現在錢太多，太誘人了，於是伸手緊緊按著自己的牌，然後又放了一百塊錢。

福貴連開牌的話都不提，直接放錢，雖然表情看起來很緊張，但這個表情明顯是有大牌了，要是詐雞，那就有點太不可能。而且，福貴還沒有到那樣的級別，即使他詐雞，那表情上就看得出來。在這一局中，跟了這麼多錢，無論如何最後都會開牌，詐雞實際上沒作用。

老江頓時心裏一沉，心想搞錯了目標，看來福貴才是大頭子，自己花了兩百塊看了關林，又花了兩百看福山，除了福山是K金花外，關林就是一副垃圾牌面，虧了自己兩百塊，不過去掉了老江最害怕的一個人，老江也安心一些。

這時，又輪到老江了。要老江再跟下去，那他肯定是不跟了。其實話說回來，雖然打死了幾家他看底牌的對手，但他的K金花並不算太大的牌，如果福貴同樣是K金花，帶的稍微大一點，他就死了，如果是A金花，那他就直接死。

老江心裏咚咚咚直跳，連氣也喘了起來，盤子裏至少有一千多的現金了，這一把贏了可就是一盤大的。手哆嗦著又數了兩百塊放進去，然後又把手伸向福貴，說道：

「我……看你牌。」

福貴「叭」地一下用手按住了牌，急道：「我看你的牌。」

老江哼了哼，但又不敢再跟，只得把自己的牌遞給他，悻悻地道：「我看跟你看還有不同了？不相信你看就能變大了。」

不過，話雖然這樣說，但一雙眼卻是緊盯著福貴，怕他糊弄看錯。

其他人都盯著福貴，福貴就算要搞小動作也搞不了，不過，周宣倒是注意到，關林和玉強趁大家不注意，兩人偷偷相視一笑，這個局還不錯，這個陷阱他們是鑽定了。

周宣心裏冷笑著，現在得意，等會兒看你們還怎麼得意。

福貴喘著粗氣，看清楚了手裏的底牌，是個K金花，心裏一喜。其實緊張都是給錢刺激的，他知道自己贏定了。

老江盯著福貴急道：「到底怎麼樣，你還是說一聲吧，是輸還是贏？」

福貴喘了一口氣，然後把老江的牌扔進了廢牌堆裏。老江急了，趕緊揀出來，問道：

「你看錯沒有？我的牌，你搞錯了可就是你全賠了。」

「沒……沒看錯，」福貴喘著氣回答了一聲，「你的不就是……不就是……」

看了看眾人，最終還是沒有說出來。

老江看到福貴肯定的說沒看錯，心裏一沉，如同被重重打了一錘，眼前都黑了，錢啊，都飛了。

不過，老江還是不甘心，把自己的牌拿起來看了看，沒錯後，就又放到了自己面前，蓋著牌面，心想：等一下福貴的底牌要是沒有自己的底牌大，可就要他負全責了。

這時候，全盤就只剩下福貴和玉強兩個人了。

老江一死，接著就輪到了玉強，玉強淡淡笑了笑，說道：

「盤子裏還欠我五十，暗注，繼續到底，福貴，我知道你是詐雞，反正我也沒看牌，頂到你開我牌爲止。」

福貴當然是巴不得玉強這樣做，雖然自己每一次要多下一半的錢，但自己肯定贏定了，怕什麼，再說玉強又是暗注，就算他運氣再好，暗注的牌，無論如何也沒有自己三條十大吧？

「跟，跟到死我也不開你。」福貴扔了一百塊進去，要是自己開玉強的牌，那就是傻瓜了。

玉強當然明白，這個底牌，他要是看了再跟注，跟得多了也會讓人心虛，福貴還是會開牌，但如果他始終就是暗注，那就會把福貴引到陷阱中了。

而且，福貴的性格跟老江可是大不一樣，老江沉穩，不管多大的牌，跟幾手大一點的注就會開牌，除非他拿到三條A的天牌，才會下一次狠的。

福貴就是個狠性子，抓到個金花都能跟人拼上死鬥，更別說拿到三條十了。

當然，他不知道他這三條十也是關林給他下的套，如果不是周宣出手，這一局就會把福貴輸個底褲都沒有。

但螳螂捕蟬，黃雀在後啊，關林和玉強可沒有想到，周宣弄了一下手段，就讓他們兩個的心血完全泡湯。

玉強根本就不去碰他那底牌，關林發給他時是什麼樣子，到現在還是什麼樣子，一點也沒變動過。

這是玉強故意的，表明他沒動牌，沒看牌，而且牌也不是他發的，拿到好牌，那是運氣。

其他人激動的觀戰，玉強跟福貴二人一個明注，一個暗注，鬥得不亦樂乎，誰都不開牌，周宣知道結果會是什麼樣，在旁邊也不說話，不惹起關林和玉強的懷疑。

福貴數了數他的錢，一千塊差不多快完了，一咬牙，又掏出錢包來，裏面還有剛發的薪水，用了一半，還剩下兩千來塊，這時把錢全部拿了出來，狠狠地道：

「要輸就輸個乾淨，輸了好在船上安心賺錢。」

玉強笑笑道：「天知道誰會輸誰會贏啊，我連牌都還沒看呢。也罷，你那麼有興趣，我也就陪你一把，賭你是吃雞的。」

說著，從衣袋裏也掏了一疊百元大鈔出來，怕是有幾千吧。

福貴兩眼直放光，他看到錢就是這樣，不過，這樣下注他還是有點吃虧。他下一百，玉強是暗注，只用下五十，所以他三千多現金到下完，玉強也只下一千五左右，比他要少一半。

直到福貴把手上的錢都下完了，左右瞧了瞧，還是不想開牌，但手頭上又沒有錢了。

周宣把面前的兩百五推過去，說道：

「我有兩百五，你拿去吧，反正我也玩不出手，要真玩，這點錢一下子就輸了個乾淨，就算不輸，下鍋底也是下光，在船上也用不了錢，回來後你再給我就是了。」

雖然錢少，福貴還是拿了，心想：這個胡雲雖然是新來的，但確實不錯，是個可以交的朋友。

第五十一章

孤掌難鳴

關林一走，玉強一個人可就孤掌難鳴了，
很多局都必需要兩個人一起做的，一個人容易出紕漏，
但跟他們玩牌，這還是第一次輸錢，出了千設了局，
可他們倆還是輸了個乾淨，可見是運氣問題吧？

福貴又把自己手上剩下的幾十塊零錢數了數，湊了個整數，三百，於是又跟了一百，然後剩兩百，說道：「兩百，開牌。」

這時，盤子裏至少有六千塊錢了。不過，福貴自己的錢就占了一半，手頭的錢也下光了，不開也不行，要是還有錢，福貴不用說也會全部下完。

周宣暗嘆，這船上的幾個人如此好賭，只怕以前還不知道給關林和玉強騙了多少錢去了。

福貴這才把自己的底牌翻了過來，喘著氣說道：

「我是三條十，你什麼底牌，翻過來？」

因爲玉強的底牌還沒看過，所以福貴知道他自己也不曉得，就要他翻牌。

玉強淡淡笑了笑，把自己的底牌移到面前，三張牌分開了，右手從右到左的一張一張翻開，第一張是紅桃A，翻了第二張，是黑桃A。

眾人「哦」了一聲，暗牌能暗到這麼好的牌，還是不錯了，但要強過福貴的三條十，似乎是有點不大可能，而現在玉強的底牌，只有一張紅心A才能贏福貴了，否則不論是其他什麼牌，都是要輸的。

不過，福貴瞧著玉強平靜的表情，忽然感覺有些不對勁，盤裏那麼多錢，誰都眼紅心跳，玉強這個表情可不像是要輸錢的樣子，倒像是要贏錢的樣子，難道他是三條A？

福貴忽然有了這種感覺，有種上了當、鑽了陷阱的感覺。但他又找不出破綻來。福貴心裏緊張得不行，心想：這一把要是輸了，玉強要是三條A的話，自己怎麼辦？要不要找他扯皮？

也就在所有人的關注中，玉強輕輕的把第三張牌掀了過來。

方塊二！

玉強和關林剎時間呆了，玉強把眼光投向關林，關林也是一副莫名其妙的神態，搞不清楚爲什麼會是這樣，牌是他親自發的，照理說，福貴的牌都沒有錯，那玉強的牌會更肯定一些，怎麼變成了方塊二了？

但福貴卻是大喜若狂，喜不自勝地一把把盤子中的錢掃到自己面前，心裏對玉強的懷疑也拋到九霄雲外了，人家是一對A的牌，暗注出來也不奇怪啊，反正自己是贏了，沒什麼好說的了。

而老江自然是苦澀地把牌扔了進去，K金花自然不是三條十的對手了，看到了福貴的底牌後也就沒話說了，只是心痛錢，這一把可是輸了他八九百啊，看三家的底牌就花了六百，前面還跟了好幾手，輸得真痛啊。

以前可沒一次輸過這麼多錢，最多一次也只輸過三百塊，這一次可是破了紀錄了

再看看關林和玉強，玉強臉脹得通紅，沒料到煮熟的鴨子到最後卻是飛了，就是想發火

也發不出來。要是讓他們知道了自己和關林出千的事，那還不得鬧翻天了。

雖然在福壽村，他和關林要比福貴他們這些人有勢力一些，但賭場上講的就是贏得起也輸得起，最瞧不起那種輸了不認賬還耍賴的人，要是哪個人在賭局中這樣做的話，就會讓所有人瞧不起，以後都不會有人跟他賭了。哪怕輸得再多，只要輸得耿直，都會有人說他不錯，有賭品。

而且，同是本地人，玉強也不可能把福貴壓成什麼樣，要是周宣就不同了，周宣是外地人，無錢無勢的，就算耍賴，也沒人會理。

可如果讓他們知道是出千的了，那老江和福家兄弟還不跟他鬧起來啊？以前也是同樣以這種千牌贏了他們不少錢。這就叫啞巴吃黃連，有苦說不出。

玉強只是狠狠地瞪著關林。關林也不知道是怎麼回事，以前也做過同樣的手法，很少出錯，在這幾個傻傢伙面前，出千很容易，但這次怎麼會弄錯了呢？關林百思不得其解。

福貴歡喜不盡地整理著鈔票，然後又數了六百塊遞給周宣，說道：

「小胡，你的本錢是兩百八，我還你六百，算是翻了一番，行吧？」

周宣笑了笑，沒說什麼，心想：他給就拿著吧，別做得給錢偏不要的樣子，讓別人懷疑自己不貪錢。應得的還是要拿，下注的時候也說好的，自己頂上去暗注，關林他們可都是不反對的。

福貴還在清理著錢，一旁的福山福寶和老江都催著：

「洗牌洗牌，數啥呀數，錢是越數越少，越糊塗越多。」

福貴嘿嘿一笑，把錢一推，索性也不數了，六七千塊錢，一下子也數不清楚。

接下來又開始玩，周宣在後面的局數中，在關林和玉強出千的時候就出手，讓他們兩個在關鍵的時候總是輸錢。

不過到後來，老江還是贏回來了，還倒贏了四五百，雖然少，但贏了總是好的，會開心些。

而福山和福寶也各自贏了六百多，福貴一個人贏得最多，差不多有八千，而周宣自己卻只贏了三百多，加上福貴給他的三百，加上兩百一點的本金，一共有九百五的現金了。

只是，周宣贏的都是不顯眼得到的，每一次贏都是很小的數目，毫不引人注意，所以關林和玉強也沒懷疑到他頭上。

關林和玉強都輸完了身上的現金，到最後，關林不服氣，對老江說道：

「江叔，借錢借錢，再扳回來。」

老江當然不會拒絕，這兩個人還是有些分量的，至少在這條船上，他們兩個人跟他的分量沒啥區別，他只不過是經驗老，但時間一長，玉二叔有個病痛什麼的來不了了，這船可就是關林執掌了。

玉強是技術工，雖然沒有什麼真本事，但在這條船上，他是操作機械的，又是玉姓人，可不是老江敢輕易得罪的。

平時也是這樣，只要有人輸了錢，都是找老江借錢的，或者可以說是預支吧，出海回來後，老江發錢的時候就直接扣下來，沒有區別，只當是先預支工資。

老江問道：「要多少？」說著，準備先數自己手裏頭的錢，房間裏的通訊器忽然響了，是駕駛艙那邊玉二叔說話了。

「關林，關林，到駕駛艙來，我休息一下，你來開船。」

關林一怔，嘀嘀咕咕不情願地站起身過去了。即使再不願意，玉二叔的話他可不敢違抗，在這條船上，玉二叔就是絕對的權威，而且玉二叔又是他老丈人的親弟弟，無論從哪一方面講，於公於私，關林都不敢跟他頂撞。

可以說，關林能在這條船上混，靠的就是玉二叔。

關林一走，玉強一個人可就孤掌難鳴了，很多局都必需要兩個人一起做的，一個人容易出紕漏，但跟他們玩牌，這還是第一次輸錢，輸得又這麼多，心裏不服氣，都出了千設了局，可是他們倆還是輸了個乾淨，可見是運氣問題，運氣也是有好有壞吧？

只要加上他的出千手法，估計還可能再贏回來一些。今晚輸就輸在關林的幾次關鍵之局中，等一會兒，自己要把錢都贏回來了，可不能分給他。他又沒出一份力，輸錢也怨他，都以爲是贏定了，卻被他弄出一副爛牌來輸了錢。

關林走後，玉強伸手對老江道：

「江叔，給我預借五千吧，要來就來大的，好好玩個夠。」

老江一怔，借五千的話，數目是有些大了，玉強和關林的薪水要比福家兄弟高一些，但一月也只七八千上下，出一次海也就兩千多，借五千，在現在的淡季，打魚的收穫又比旺季要少得多，起碼要出三次海才拿得到，當即有些沉吟起來。

玉強哼哼地就要出聲，不過玉二叔卻在這時候進來了，沉聲道：

「都別玩了，已經凌晨六點了，趕緊睡一覺，把精神養好，估計到下午兩點就到目的區域了，睡八個小時，幹完活多打點魚，回來的時候任你們玩。」

老江順勢收手，笑呵呵地道：「睡了睡了，都去睡了，玉二哥說得好，睡飽了覺幹好活，回來的時候賭個夠。」

玉強只得悻悻起身，其他人臉上卻都是喜色，尤其是福家三兄弟和老江，難得贏一次錢啊，特別是福貴，贏的最多。

福貴贏這麼多錢，心裏很是感激周宣，要不是他勸自己，也許還贏不到那麼多錢，心想等這次出海回來後，還真要請他吃個速食，贏了七八千，花幾百塊是小意思。

周宣回到自己的房間中，把外衣長褲脫掉，蓋了被子睡覺，船上的被子都很厚，因爲海面上的溫度比陸地上還要略冷一些，現在還才二月裏，天氣並不暖和。

躺下後，周宣又運起異能來，意外聽到了玉二叔跟老江的談話。

「老江啊，現在可是越來越難打到魚了，現在的枯季更不用說，就是旺季，幾次大魚流中收穫也比以往少了很多，在大海中就能看得出，魚是越打越少了。」

老江也是憂心忡忡地道：「是啊，今年冬季以來，每一次出海的收穫都少得很，往年一次能抵得上現在的五次，甚至更多。」

玉二叔又嘆道：「現在的行船距離也越來越遠了，跑得這麼遠，還是難打到魚，東海自古以來是魚群最多最盛的海域，卻沒想到以往的光景是一去不復還了。」

「唉……睡了睡了，難打也還是要打啊，不然我們又能做什麼？」

周宣也嘆息了一聲，現在的生計是越來越難求，地球資源，不僅僅是魚類，其他種類，哪一樣都是越來越少。

玻璃窗外，天色漸漸亮了起來，看出去是一望無邊無際的藍色大海，周宣收回視線，閉了眼，還是趕緊睡一覺吧，不過想要一下子睡著還真難。

腦子裏胡思亂想著，又想起傅盈來，也不知道她現在怎麼樣了，說不擔心不牽掛那是假的。還是練功吧，要是有書身邊，躺著看書倒是睡得快，練功就要慢一些了，不過好過幹別的。

只是練起功來的時候，異能不知不覺探測出去，竟然探到了船底部水深大約只有八九十米，深的地方，如一些溝坎低窪帶，也只有百來米。東海的平均深度看來還真是不算深。

這時離岸邊可能只有兩百海里左右了。海中的魚確實不多，不過，在周宣的異能探測下，大多無所遁形，只是有很多魚都沒見過。

不過，周宣卻沒見到鯊、鯨等等大型魚類。大海中的神秘感對於現在的周宣來說，已經不算什麼了，況且，東海這一帶的深度也不夠，遠不如周宣去過的那些地底陰河。

周宣一邊練功，一邊暢遊在東海水底，觀測著那些奇異的海中生物，漸漸倒是睡著了。醒的時候，是給一陣鈴聲驚醒的。按鈴的是老江，大家都起身了，這時開船的還是玉二叔，在周宣他們睡覺後三個小時，玉二叔又換回了關林。現在大致上是三個小時輪一班，平時玉二叔開船的時間稍長一些，關鍵時候還是他來掌控的。

目的地到了，這裏已進入離岸邊遠達七八百海里的深海了。周宣用異能探測了一下，海底的深度已經超過了兩百米，不過有的地方還不到兩百米，依照這地勢估計，這一帶海域的深度也不會太深，最深的地方估計也就三四百米，他就是徒手也能潛到底。

周宣探測到，這艘漁船的倉庫內，有幾把魚槍，有四套潛水服，不過都是很普通的，想必也很少用，漁民通常只在必須的時候才下水，主要是維修和補網等活兒，捕魚可不用潛水的。

在船尾外的舷外，還懸掛有一艘橡皮艇，是用來在遇到災禍時逃生用的。

玉二叔這時把船停了下來，桅杆上也揚起了帆，帆的作用主要是借風力，有時候也是測風向的工具。海水的流向跟風向是有關聯的，觀察好海水的流向也很重要，魚群有時候就在暖水流中。

不過，海底中的水流很複雜，不是在海面上就能觀察到的，從風向上觀察那也只是片面的，所以要找到真正的魚群，其實並不容易。

船速幾乎靜止下來，玉二叔通過帆來觀察了好一陣子，又看了看海浪的波動方向，然後合手做了個菩薩保佑的動作，嘴裏念道：

「海神菩薩保佑我這次大豐收，多打點魚，回去後一定豐厚祭祀。」

漁船捕撈與選好網點的關係很重要，一般下一次網收一次網，極為費時，幾次下來就是大半天，如果沒有什麼收穫，也只能返航。

離海岸太遠了，補給跟不上，無論打沒打到魚，都是要回航的。所以，玉二叔對選好下網點的海域尤其慎重，如果頭三網都是白費力，那這一次的捕撈幾乎就是做白工了。

在船上，也只有玉二叔的經驗最為豐富，老江次之，其他人純粹是聽吩咐做事的，操縱一下船上的機械還行，要講捕魚尋魚的經驗，可就不行了。

玉二叔觀察了十多分鐘，然後收了帆，停了機器，任船在海面上漂了幾分鐘，確定了海水的流向後，指著海流的方向說道：「玉強，你帶……」說著，看了眾人一眼，眼光落到了周宣身上，又道：「你帶胡雲去，準備撒網，胡雲給你打下手。」

玉二叔倒不是看重周宣，而是讓周宣去幹雜活，撒網都是聽他的命令，玉強只是按下閘刀，讓周宣跟他去只是讓玉強有個伴，使喚一下而已。

其他人等網絞上來後，就在甲板上收魚，那時，周宣依然要過來幫忙，打的魚還要分類，不是全放在一起，有的魚是不能放在一起的，普通的海魚裝箱，現在天氣不熱，也不用冰塊冷藏，有些珍貴的魚還需要活養，如果捕到特別大的，甚至還要用拖網拉在海水中跟船拖回，到海岸邊時再提上船轉走。

在船頭後面的操縱室中，透過透明玻璃可以看到後面撒網的情況。

玉強在前邊走，周宣跟在後邊，進了操縱處，是用電控制的，玉強拿著對講機，與玉二叔通著話。

玉二叔正往流水的尾端開過去，大約開了五六百米，然後就命令道：

「玉強，撒網。」

玉強猛一推上電閘刀，周宣立即看到船尾處，大網向兩邊噴薄而出，船速夠快，網撒出後，籠罩住了上千平方的海面，網沉進海水中後，玉二叔又趕緊把船減速停下來，然後就是等待魚網全部沉下去，到夠深的位置。

這網最深可以達到七八百米深的海底，而這裏的海域深度只有三四百米，自然用不了那麼長的線就到了底。

周宣在玉二叔一撒網後，隨口就說了聲：「這個地方沒什麼魚。」

玉強當即惱道：「你知道個屁，你又懂個什麼？」嘀咕了幾句，然後掏出菸來，叼了一支在嘴上，打火機一按，「啪」的一下，點燃了菸。

就在這時，船身隨著一個較大的浪歪了一下，玉強一個沒站穩，額頭撞在了板壁上，「砰」的一聲，額頭都撞破了，鮮血流了一臉。

玉強「哎喲哎喲」直叫，其實傷倒不是很重，只是蹭破了層皮，血塗在臉上看起來很嚇人。

周宣心裏直好笑，就算撞得再重一點，他也沒意見，這傢伙一肚子壞水。

玉強趕緊把對講機遞給周宣，然後急急地道：

「胡雲，看到那兩個閘刀沒有？我推的這個是撒網的，另一個是收網的，二叔命令的時候，叫推哪個你就推哪個，我出去包一下傷。」

操作簡單得無話可說，這也要技術人員？顯然是靠關係給個工作的。

周宣接過對講機，一聲應了，玉強趕緊捂頭竄了出去，一邊跑一邊嘀咕地惱著。

玉二叔當然不知道這裏出了什麼事，等到魚網沉底後，大約十五分鐘，又命令道：

「收網！」

周宣立即把另一把閘刀推了上去，從玻璃窗上看到，鋼絞盤上，粗如兒臂的大尼龍繩一圈一圈地給拉回來，然後是網子，從小變粗，直到全部網子都完全給拖到甲板上爲止，周宣這才關下了閘刀。

這一網的收穫已經在周宣的預料之中，異能早探測到了，撒網的海水下沒什麼魚，收網後，網子裏只有兩三百斤魚。

周宣自然也出去幫忙，不過這點魚也沒什麼好弄的，兩個筐子就裝完了，老江和玉二叔都是直搖頭。

把網子收絞後，差不多就費了兩個小時，玉二叔把手放到額頭上，迎著太陽瞧了瞧遠處，不知道該往哪裡去了。

如今的海域可不像以前，稍微找準一點，一網下去，少說也有幾千斤魚，四五網能過萬斤，最多的一次，玉二叔五網打了兩萬多斤魚，最便宜的海魚批發市價也是八元一斤，兩萬多斤就是二十多萬塊。

像現在這樣，一網兩三百斤，幾網最多過千，扣掉油錢和工錢，根本沒得賺的。

周宣心想，他可別才剛來這船上，沒多久就又要失業了吧？像這樣打魚，能養得活人嗎？

福寶、福山、福貴幾個人也都是滿臉失望之色。他們的收入可是繫在這魚上面的，打捕的魚越多越值錢，他們的工資也就越高，是按魚的總價錢來定獎金的，如果像現在這樣回去，出一趟海能拿五百塊就不錯了。

玉二叔皺著眉頭又瞧了一陣，看看風向。

周宣忽然說道：「玉二叔，不如往北方走一段看一看，這海水海風雖然是東南方向，但水底下卻是暗流從南向北，而且這是暖流，天氣要轉暖了，說不定會有魚。」

玉二叔愣了愣，然後惱道：

「你知道個什麼，這水底下有哪個方向的暗流，你又沒有透視眼，又豈能知道？現在快四點了，眼看天要黑了，最多還能打兩網，晚上漂一晚，天亮後再打兩三網就得返航，再打空網，這一趟就算是白來了。」

周宣訕訕一笑，他確實沒有辦法證明，也說不出，只得低頭轉到一邊。

不過，就在周宣溜到後邊時，玉二叔忽然又叫住了他，問道：

「胡雲，你過來，我問你，你以前可曾出過海打過魚？」

周宣搖搖頭，說道：「曾經跟朋友去過索馬里，在海上生活了一個月，打魚卻是沒幹過。」

玉二叔又沉思起來，周宣在索馬里海域待過，那可是他沒想到過的事，那片海域可是生人勿近的地方，索馬里海盜的猖獗可不是嚇小孩子的。

聽周宣的話，好像有一點經驗的樣子，能從海水表面估計到底下的暗流，那得極強的經驗和眼力，玉二叔自問達不到這一點，不過現在也沒有好的去處，反正估計到天黑前也只能撒一網了，就按周宣的話往北走一段看看，不行的話就等明天打多兩網，這一趟估計是個不好的收成了。

玉二叔當即命令關林把船調頭，往北駛去。

周宣趕緊跑到操縱室。玉強還在艙裏沒出來，八成是想趁機偷一下懶。

關林把船開到時速三十海里，玉二叔也到駕駛艙中去了。駕駛艙中還有幾部儀器，船下有水中燈光探測器，水下攝影機連接著監視器，可以大致看到船下二三十米的範圍，當然，如果是白天會看得稍遠一些。

不過從海面上觀察海水下二三十米的範圍，基本上是起不到太大作用，所以捕魚還是主要靠他們的經驗。

周宣的異能自然是玉二叔等人無法想像的，異能探測到，海面距離一百三十米深的地方，有一股暖流從南向北，暖流中有一些海魚過來，不過數量不是太大，當然，這只是在周宣能探測到的範圍中，超過了兩百米就不是他能探測到的了。誰知道兩百米外的距離有沒有更多的魚群？

不過，就在往北的方向剛開了一兩分鐘，距離不遠處，周宣忽然探測到暖流中竄過來數量龐大的海魚群，像一條長長的帶子一樣。

這些海魚體形幾乎是一樣大的，都是長兩尺、重兩三斤的魚。

周宣一喜，只是這魚來得太突然，又太急，似乎在急竄逃命一樣，來不及向玉二叔請求下網，周宣急急推上撒網的電閘刀。

玉二叔在駕駛艙裏見到撒網了，頓時氣急敗壞在對講機中叫道：

「是誰撒網的？誰叫他撒網的？」

沒有他的命令就撒網，這是不能原諒的事，剛剛才在這個區域撒了網，沒有任何收穫，這再撒了網，今天就算得上是泡湯了。

周宣自然是說不出理由，在撒網後他又探測到，十多條長約兩米左右的虎鯊撞進他的探測距離中。原來是這些兇猛的獵手在追捕那些海魚。

因爲網已被撒出去了，按照操作流程，船行得減速，直至停下來，而且這一網撒出去，今天的行程就算完了。

船長玉二叔當即把駕駛艙的活交給關林，然後氣沖沖地往操作室跑來。

玉強也跟著跑來了，兩人一進來，玉強不等玉二叔發火，就先指著周宣的鼻子罵道：「你小子在搞什麼鬼？我才走一會兒，包個傷口，你就給我捅這麼大的漏子出來？」

玉強這話一說，意思就是把責任完全推到了周宣頭上。

玉二叔氣得脖子都粗了，指著周宣惱道：「你……你……」惱得話也說不出來了，現在已經快五點了，這一網拉起來再收網上架，兩個小時後，天已經黑盡。

想想就知道，今天兩網下海，幾乎沒有收成，明天還能打兩三網，最多四網就得返程，否則油就不夠了。

玉二叔在等周宣的解釋，想給他一個機會，畢竟他是新手，沒經過練習操作失誤，事情已經做了，也就算了，扣點工資給個教訓就行了。

不過，周宣卻回答道：「玉二叔，我看海水的走勢極不正常，像有大批海魚經過的樣子，以前我在索馬里海域也見過這種情形，應該不會錯，大概是有什麼兇猛的大魚在獵殺海魚，這種機會轉瞬即逝，所以沒來得及給你報告……」

玉強惱道：「你懂個屁啊？讓你怎麼做就怎麼做，誰讓你自行操作的？沒有收穫你負責啊？你那點工資就算扣光了又有什麼用？」

周宣雙手一攤，示意事已經做了，還能怎麼辦？

玉二叔也惱了，心想：等這一趟回去後就開除了這個胡雲吧，這傢伙看起來老實沉穩，卻是自以爲是的一個人，放在船上沒好處，說不定會誤了大事。

玉二叔沉吟了一陣，然後黑著臉對玉強道：「你給我好好守在這裏！」說完，氣呼呼地就走了出去。

玉強等玉二叔出去後，當即臉一沉，對周宣道：「還站在這兒幹嘛，滾出去！」

周宣嘿嘿冷笑道：「嘿嘿，你囂張什麼？就一個只會耍狠的混混，除了搞鬼弄老千以外，你還有什麼本事？」

周宣說完走出操作室，留下張大了嘴合不攏的玉強直發愣，這個新來的小子怎麼這麼有氣勢？他就不怕被炒了魷魚？

第五十二章

捕魚能手

玉二叔一怔，忽然想到，
這一網不就是這個新來的胡雲做主撒了網的嗎？
自己剛剛還氣急敗壞罵了他，但轉眼之間見到了他的能力，
看來自己還真是看走眼了，這個胡雲是個真正的捕魚能手啊！

玉二叔在周宣前面走出去，剛一到甲板上，就聽到對講裏傳來關林的聲音：

「二叔……二……叔，好多……好多魚啊……」

玉二叔吃了一驚，不知道關林說的什麼意思，趕緊抽身就往駕駛艙跑，三步併作兩步，急急跑回駕駛艙中，還沒問話，就見到關林呆呆地看著監視器螢幕上的鏡頭。

玉二叔順著他的眼神瞧了過去，一看到那畫面時，也不禁吃了一驚，再仔細看了看，那顯示器是船尾水中監測捕魚網的情況，雖然不能全部看個清楚，但卻可監測到一部分的情況。

黑白顯示器上的畫面中，除了魚網外，儘是歡蹦亂撞的魚兒，似乎鋪天蓋地的勢頭，看這樣子，以前最有收穫的時候，也不曾見到這樣的鏡頭。

不過由於天色已晚，海水已經暗了下來，看不到太多的情形，顯示器本來就是黑白的，再過一陣子就全黑了，什麼也看不到。

玉二叔呆了一下，隨即對關林說道：

「關林，你守在駕駛艙中，把船停下來守好，我到甲板上協助收網，看是什麼情況。」

玉二叔一邊說一邊走，然後又拿起對講機讓玉強趕緊收網。走到甲板上，命令福寶把甲板上的大燈開起來，除了兩顆大功率的照明燈外，還搬了兩個探照燈，跟福山、福貴、老江幾個人照射著船尾。

收網的時間差不多是十五分鐘，看著漁網被鋼盤絞起來，魚網被收起來後，船上的所有人都驚呆了。

網裏滿是白花花的海魚在活蹦亂跳，由於天色晚了，網裏似乎還有些大魚，但混雜在密密麻麻的海魚中，根本就瞧不清楚。

再過幾分鐘，魚網幾乎全被收了起來，鋼絞盤「喳喳」直響。看得出來，網極沉，看著拖上甲板的魚網，網中的魚堆得像一堆小山一般，幾個人都驚得目瞪口呆。

玉二叔和老江是老經驗，從小就在海上過日子，打了一輩子的魚，就算收穫最豐盛的時候，也沒見過這麼多魚啊。

這一網的魚起碼超過萬斤，而且這還是粗估，確切的數目誰也不知道。以前，玉二叔在每一網收過後就能精確估計到大概的數字，但這一網卻超出了他的想像。以前收穫最多的一次出海，還是十年前的事吧，旺季的時候，一次出海就打了四網，收穫幾乎達到兩萬五千斤。

現在看起來，網中的魚跟那一次差不多。他不敢確定，因爲那是裝好魚簍後的數量，現在全堆在甲板上，裝起來或許差不多吧。不過這麼一大堆，過萬斤是肯定的。

玉二叔驚喜莫名，趕緊招呼大家準備裝魚操作，把周宣的事頓時拋到了九霄雲外去了。

周宣看到玉二叔驚喜又忙碌的樣子，在一旁提醒道：

「玉二叔，開網要小心啊，裏面似乎有鯊魚，別傷到了人啊。」

玉二叔一怔，忽然想到，這一網不就是這個新來的胡雲做主撒了網的嗎？自己剛剛還氣急敗壞罵了他，但轉眼之間見到了他的能力，看來自己還真是看走眼了，這個胡雲是個真正的捕魚能手啊！

能從海面上的細微變化捕捉到大量魚群的行蹤，這可是天底下所有漁夫最渴望的本事，他在東海也算是有名氣的老漁夫了，但要說像胡雲剛剛表現的能耐，可也是望塵莫及。

不過，也有可能胡雲是剛好碰巧，瞎貓碰上死耗子，但不管怎麼說，玉二叔在心裏都原諒了周宣的這次擅自撒網的操作，如果不是瞎鬧失誤操作，又哪裡能捕到這麼一大網的魚呢？

看到玉二叔發愣的樣子，福寶、福貴、福山幾個人都激動得準備開網裝魚了。周宣趕緊又提醒了一次，道：

「二叔，網裏有凶魚，要小心操作，別傷到人了。」

玉二叔這才省悟，從網外面看不到網裏魚群的情況，但聽周宣說了幾次，倒是有些相信他的經驗了，又趕緊伸手一攔，吩咐道：

「慢著，小心些，把大叉子拿過來，別被網裏的大魚傷到。」

在以往的經驗中，玉二叔也捕捉過鯊魚，不過，在他數十年的漁民生涯中，他也只捕到兩次而已，第一次捕到一頭四米多長的鼠鯊，第二次則是捕到一頭三米多的扁鯊。

鯊魚一身都是寶。中國菜系中最有名的一道菜便是「魚翅」，就是鯊魚的鰭加工而成的。因爲鯊魚的難以捕捉，又因近年來鯊魚數量的急劇減少，因而更顯珍貴。

而那兩次捕捉到的鯊魚，每一頭都賣到了近十萬元的高價，而那是多年之前的事了。近年來因爲很少遇到鯊魚，更別說捕捉到鯊魚了。鯊魚因爲某些電影的誇張手法而惡名遠播，其實說到底，人類才是鯊魚族群繁衍的真正剋星。

這時，天色完全黑了下來。玉二叔讓福寶他們把船上的燈全部打開，把甲板照得亮堂堂的，除了關林守駕駛艙外，其他人全部都到甲板上來收魚了。

除了周宣，其他人都是興奮莫名，在淡季之中，竟然一網打到了過萬斤的魚，不僅僅是破了歷來的紀錄，更多的是被豐收的魚帶來的金錢刺激到了。

因爲魚多，船員的獎金就會增加，一般只要過了萬斤，他們每個人的獎金就可以達到三千左右，如果一個月中四次出海都有這樣的收入，那一個月幾乎就能有過萬元的收入了。

而一個月中收入過萬的情況，福寶他們這些人極少遇到，數都數得出。在前年的旺季時倒是有一個月出現過這種情況，但此後一直到現在，就再也沒有那樣的事了。一個月當中，四次出海能有一次大豐收就算不錯了。

把網打開一個口後，福寶和福山兩人在前面用叉子扒著魚，裝了兩筐後，海魚堆忽然一下子翻滾開來，一條大魚蹦了出來，剎時間把眾人都嚇了一跳。

福寶和福山嚇得退了好幾步，那條大魚扁扁的頭，尖嘴，嘴裏尖牙銳利，鮮血流得滿嘴都是，嘴裏還有數條海魚的殘體。

玉二叔怔了怔，呆了一下忽然叫了一聲：

「虎鯊！這是虎鯊！」

後面的幾個人都怔了一下，隨即又歡呼起來。

這條鯊魚近三米長，這樣的一條虎鯊被捕捉回去，又是活的，至少可以賣到十萬元以上，這可是意外之喜了。

不用指揮玉二叔，福貴和老江兩個人趕緊去拖了三米多長的大筐，這是專門用來裝比較兇猛的大魚，筐上有粗厚的欄柵蓋子，可以防止凶魚傷到人。

福寶幾個人拿叉子把那條虎鯊控制起來，不過那虎鯊的力氣極大，隨便一動彈便將叉子扭開了，好不容易才被叉住拖進了筐子中。

福寶和福貴兩人用力把虎鯊拖到船尾側處的海魚池中，其實就是船身尾處連接海水的海水通道，與海水連接處都是用粗大的鋼條隔開的，鋼條的縫間隔只有不到十公分的寬度，超過幾公斤的魚是不可能穿過去的，虎鯊就更不可能了。

這個魚池的寬度大約有二十個平方，深三米多，是用來專門餵養捕捉到的珍貴大魚的，活魚可比死魚要值錢。

另一邊，玉二叔則是喜不自勝，這一趟可不算白來了，就算沒有這上萬斤的海魚，光是那條虎鯊，也有賺的了，以那一條虎鯊的價值，就比今年任何一趟出海的收穫要大，何況還有超過萬斤的魚呢。

玉強當即又揮手準備讓福山和玉強再動手裝魚，卻見周宣又伸手攔了攔，說道：

「玉二叔，慢著，裏面還有虎鯊，要小心些。」

說著，他用手指著魚堆裏面，不過，這成噸的海魚堆裏，魚都是活的，蹦來蹦去，難以見得清楚。

玉二叔和老江幾個人都是瞪大了眼睛瞧著，心裏可是不太相信，有一條虎鯊已經是意外之喜了，難道還會有？

不過，周宣的話在他們心中已經有分量了，尤其是玉二叔，不管周宣這一網是不是因爲運氣，但卻應該感謝他，而且剛剛他的表情並不激動，顯然是見慣了這種場景，玉金山也更加疑惑周宣是真的有經驗的捕魚高手了。要是一般的普通人，見到這麼大的收穫，早喜得暈頭轉向了，哪裡還能這般沉穩鎮定？

不過，周宣既然說了，玉二叔還是讓福山他們幾個小心些，用叉子慢慢弄。

當叉子伸進去後，還沒撥動魚堆，魚又飛撒開來，站在最前面的福山驚叫道：

「虎鯊……虎鯊……還有虎鯊……」

從魚堆裏一下子又蹦出來三條，張牙咧嘴的凶樣子把眾人都嚇了一大跳，尤其虎鯊那一雙雙冰冷無情的死魚眼，更讓人害怕。

魚堆裏的魚雖然多，虎鯊被蓋在了裏面，卻也瞞不到周宣。異能探測處，魚堆裏還有八條掩蓋著的虎鯊，這一網因爲他的及時撒網，捕捉到了十二條虎鯊。

那三條蹦出來的虎鯊一陣亂動亂咬，引發了魚堆裏另外的虎鯊又擠又缺水的圍困，讓其他虎鯊凶性大發，在魚堆裏亂竄亂咬起來。

福山趕緊把網用叉子圍過去，把虎鯊堵住。

「一條，兩條，三條……三，四，五……」

幾個人驚訝之極的數了起來，不過，虎鯊一直在網中的魚堆裏亂動亂咬，哪裡又數得清楚。

玉二叔是已經給刺激得有些麻木了，有了一條虎鯊的驚喜後，現在忽然又出現了至少五條以上的虎鯊，這一份喜悅，讓他和船員們都無法適應。

就以這幾條虎鯊的價值來講，這一趟的捕撈成績可以說已經超過了他這麼多年來的任何一次出海，就衝這些虎鯊的賣價，幾個船員每個人都能拿萬元以上的獎金，這一筆收入足以等同最旺季時的一個月的收入了。

而現在還只是在淡季中。能有這樣的收入，那是燒香求佛也不可能的啊。說到底，除了用運氣來形容外，就只能說是新來的那個胡雲的功勞了。

一想到胡雲，玉二叔又禁不住瞄了他一眼，周宣正拖著筐子過來幫忙。對這個新來的年輕人，玉二叔禁不住要重新打量起來。

在忙亂了幾個小時後，除了關林在駕駛艙外，其他六個人都在甲板上裝魚。海魚整整裝了兩百四十多筐，一筐的重量是一百斤，兩百四十多筐就是兩萬四千斤，這已經遠超了玉二叔和其他人的估計。

而更關鍵的是，在魚堆裏捉出來的虎鯊竟然有十二條之多，這十二條虎鯊的價值至少過百萬，而那兩萬多斤的海魚就達二十萬，這一趟的收入甚至可以達到以往旺季一整個月的收入了。

把魚整理完，又把網收好，花費了四個多小時，是平時收網的一倍之多，這還是算快的。因爲大家都受到大豐收大獎金的刺激而努力幹活，福寶兄弟幾個也難得的沒有任何偷懶的行爲，六個人無不是盡力幹活，忙完個個都是汗如雨下。

時間已經快到十點了，幾個人都累到了極點，當然，只有周宣好得多，在異能的維護下，他的疲勞只要運起異能運行一下就消失了，這可比他運用異能消耗的損耗要小得多了。

大豐收之下，玉二叔臉上笑容一直就沒停過，見收拾好了，當即又笑呵呵地道：

「福山，你去把倉庫打開，把罐頭拿出來，煮點好東西，大家都累了，犒勞一下。」

說完，伸手拉著周宣的胳膊，眉彎眼臉都是笑容，說道：

「走走走，小胡，到艙裏坐下，大家慶祝一下，喝點酒吃東西，今天算是個大喜日子。」

走了幾步，又回頭對福寶幾個人說道：「這一次，我做主，每個人都發一萬五的獎金，小胡一個人兩萬，這一網都是小胡的功勞啊。」

除了玉強外，其他人都還不知道這一網實際是周宣撒出去的，只道是玉二叔命令的。以往撒網的時間和地點都是玉二叔才能做主，所以說，能不能大豐收，都是靠玉二叔的經驗和眼力。不過他也不得不服，其他人可沒玉二叔那個能力。

就在其他人的奇怪和玉強的嫉妒的眼神中，玉二叔攜周宣走進了艙中。老江和福山早從倉庫中取了熟食品出來，又開了幾瓶五糧液。

在船上，吃的東西可不會節省，都是按好的來，畢竟出海是一件危險的事，有得享受的時候就得享受。

坐下來後，福貴先倒了酒後，然後向玉二叔問道：

「二叔，你說是小胡的功勞，這是怎麼回事？」

對福貴的問話，玉二叔嘆息了一聲，然後說道：

「福貴啊，我玉二這次算是看走眼了，有眼不識金鑲玉啊，原來這位小胡兄弟才是真正的捕魚高手啊。」

周宣趕緊搖手道：「不是不是，我可不是什麼捕魚高手，只是以前在海上混過一段時間，跟老人家們學了一些從海水中辨識魚群走向的小經驗而已。」

玉金山嘆了一聲，又說道：「這可不是什麼小經驗啊，這可是能讓一個白丁變成富翁的大技術啊，小胡，來來來，喝一杯，我敬你一杯，敬你今天為大家都賺了一大筆錢。」

周宣拿起了酒杯跟玉二叔一碰，然後又跟福貴那幾個人都碰了一下，獨獨沒跟玉強碰杯，玉強搞得很尷尬，不過人家今天出了大風頭，他可是辦不到，不得不低頭。

不過，玉強可不是好貨色，這次被周宣宰了一刀，雖然周宣並不是故意要整他，但他卻是那麼認為，以後一定要找機會報復。

福貴可沒想到，原來這一網竟是周宣的功勞，難不成他比玉二叔還要厲害？他傻傻地笑了笑，問道：

「小胡兄弟，這大海茫茫，水面上並沒有魚，你又沒有透視眼，怎麼會知道水下面有這麼多魚，還有虎鯊？這東西可是難得一見的寶貝啊。我除了在水族館見過，在海中還真沒見過。跟了幾年船，就見過一次鬚鯨，那還是隔得遠遠的。」

周宣嘿嘿一笑，這個原因，他自然說不出來，這是用異能探測到的，如何能說得出？

玉金山趕緊岔開這個話題，說道：「不談那個，吃東西喝酒，喝酒。」

像看水識魚之類的這些秘技，是一個老漁夫得到高薪和發財的能力，又如何會輕易對外人說出來？這就跟各行各業的秘技自珍一樣，哪一行都有哪一行的規矩，能在那一行中立住腳站穩腳跟，靠的就是別人不會的技術。

福貴隨即也明白了，嘿嘿笑了笑，然後也舉杯說道：「來來來，喝酒。」

周宣笑了笑，也不說話，就當不經意。他是不可能說出去的，對異能的事，以後還要特別注意保密，只有在別人不可能識破的情況下才能使用。

雖然是在大海中，船也基本上沒有往任何方向行駛，但駕駛艙中總得留一個人，要注意有沒有別的船經過，防止碰撞到，又要注意有沒有大風浪的可能性。

不過每次出海前，都會有氣象局發出的未來幾天的天氣情況，如果有大風暴的話，就不會出海，在海上遇到大風暴，那是最危險的事。

這一頓酒喝到十二點多，船在海面上微微起伏搖盪。

幾個人都喝得半醉，只有周宣沒有喝醉，每一杯酒都被他轉化吞噬掉了，除了吃東西外，喝的酒一點都沒有流進他身體裏，但樣子卻是裝得跟玉金山等人一樣。

提起酒瓶，周宣對玉金山道：「二叔，我也敬你一杯。」

玉金山微笑著也不反對，任由周宣給他倒酒，在酒席中是最容易拉交情的，感情淺，舔一舔，感情深，一口悶，看周宣喝酒的動作就知道他是個耿直的人。

其實玉金山不知道，周宣能喝酒是靠的異能，他的酒量其實很淺。

周宣端起酒杯，自己一口先乾了。當然，在乾杯的時候，他已經運起異能把酒轉化吞噬了，不過就在運起異能轉化的時候，忽然又探測到船下面的海水中，六七十米深的水中，又有魚群經過，如一條長長的火車經過一般，後面不見尾。當然，這是因為周宣的異能只能探測到兩百米遠近。

而這一次，這些魚游的速度並不快，不像前面那一次是因為有虎鯊在追殺，海魚群是在逃命，拚命的逃竄，而現在只是路過。

周宣當即霍地一下站了起來，玉二叔和福貴幾個人都嚇了一跳，問道：

「怎麼了？」

周宣不能說，急中生智之下，然後側耳聽了一下，說道：

「這聲音不對。」

說完，趕緊跑到甲板上，玉二叔他們五個人也立即跟著跑出來，卻見到周宣用探照燈照著海面上，仔細觀察著。

海面上當然什麼也看不見，除了起伏的波浪，其他什麼異常都沒有，只有周宣運著異能探測著海面下，這一股魚群長不見尾，數量龐大。

要捕捉這群魚，自然是不可能捕得完的，這一網下去，有多少是多少，等你第二網再下去的時候，魚也早跑光了。

這一網下去，最多也只能打到這一股魚群的百分之一，甚至是千分之一。在海中，大魚群的數量是無法形容的，而魚又是群居動物，這就給打捕造成了最好的機會。

周宣隨即把探照燈收回來，然後對玉二叔說道：

「二叔，你讓關林把船放慢行駛，往東南方前行，我來撒網，那裏有魚群經過。」

周宣的話不僅讓玉金山發愣，其他人也都是發著呆，他這經驗著實夠驚人的，能從海水的動向觀察到海魚的動靜，而且這時候又是在深夜，可從來沒有哪個漁船敢在深夜中保證能打到魚的。

這個小胡，倒真是越來越讓玉金山他們感到驚奇了。

不過，周宣說的話，玉金山一點也不敢怠慢，趕緊吩咐著玉強：

「玉強，你給小胡打個下手，準備撒網，一切聽小胡的口令，我到駕駛艙中去。」

然後，他又對周宣說道：「小胡，我去開船，你掌握時機，撒網的時間由你決定，別擔心，打不到魚也沒關係，我們前一網的收成已經抵得過以往一個月還多了。」

玉金山這是讓周宣不要有心理負擔，前面他打到的魚和十二條虎鯊已經超出他們所有人的想像，現在這一網，就算一條魚也打不到都不怕。

周宣沒時間說其他的，雖然探測到的魚群還沒到底，但魚是活的，還在游動，他的探測距離又只有兩百米，說不定兩百米之後就沒魚了呢，所以得趕緊抓緊機會。

眾人各自急急跑到各自的崗位處，福寶幾個人在船尾處盯著，周宣和玉強到操控室，玉二叔到駕駛艙開船。

周宣在操控處等玉二叔把船開起來，往東南方向緩緩啓動，然後探測著海底下的魚群，等到方向和位置達到最佳後，就猛然把撒網的閘刀抽上去，電源一通，大網就撒了出去。

玉強在一邊瞧得直發愣，由操縱撒網的員工自行撒網，他還是第一次見到。以往，撒網的地點和時間，那都得由船上最有經驗和最權威的老漁夫命令，今天，這個胡雲可真是開了先例了，而且，他還是一個新來的生手啊！

從這件事上面，玉強感覺到，原來什麼事都沒有絕對的，實力最終會說話的。顯然，這個胡雲就有他們沒有的能力，而這份能力，至少在現在是能讓他們所有人都有好處的。

當然，這還得看看這一網能不能打到魚，如果是空網，那說明胡雲也只是個碰運氣的而已，如果又是一大網魚，才說明胡雲的技術是真的。

玉二叔把船開動後，這才跟周宣這邊通了話。他還不知道周宣已經把網撒出去了，在駕駛艙中的監視器看出去，深夜裏的海水中漆黑一片，自然是什麼都瞧不見。

周宣一邊對玉二叔回答著，一邊探測著魚網下沉的速度和範圍，等到了最佳時機才收網。

「玉二叔，保持這個速度，網已經撒出去了。」

玉金山一聽到魚網已經撒出去了，怔了一下，隨即答道：

「好，你確定好後就告訴我，我再減速停船。」

周宣靜下來，玉強在一邊瞧著周宣，不知道他在搞什麼鬼，又沒什麼動靜，在深夜中打魚，這可是從沒見過、更從沒試過的事情，這胡雲是真行還是裝的？

第五十三章

滿載而歸

玉金山讓眾人趕快休息睡覺，他和關林則換著班開船，全速返程。
這也是他有史以來第一次在這麼短的時間內滿載而歸。
周宣給福貴拉著回到了船艙中，
這一次回程又有大筆的現金拿，有錢就又能去瀟灑了。

大約等了十四五分鐘，周宣探測到魚網已經把長龍似的魚群籠罩住，馬上推起另一個收回魚網的閘刀。魚網上的粗繩在鋼盤的絞動中回收回來。周宣又趕緊通知了玉二叔。

玉金山一聽到周宣已經收了網，心急的又把駕駛艙交給了關林，讓他減速停船，自己則趕緊跑到甲板上等候魚網回收。

這時，福貴幾個人已經把大燈打開，把船上照得明晃晃的。

魚網很沉，玉金山他們都看得出，空網與重網的區別很明顯，現在這一網，網上的繩索繃得很緊，鋼盤上的繩索絞動得嘎嘎直響。

玉金山和福貴他們都十分緊張，看樣子，這一網又中獎了。不過，在魚網沒有收上來之前，誰也不敢保證網裏就一定有魚了。

只是這一切的擔心和緊張都在魚網給拉到了甲板上後，就飛到了九霄雲外。網裏的魚活蹦亂跳的，如山一樣，比下午那一網的魚數量還要多。

玉二叔和福貴等人都是目瞪口呆了。

這時，把周宣說成是海神菩薩都不爲過。他這一手看水識魚的本事可真夠絕了。

從下午那一網的數量來看，這一網的魚至少超過了三萬斤，比上一網的魚數量明顯多了不少，不過，玉二叔不敢讓福貴他們馬上開始裝魚，心想：還得準備一下，別又從裏面蹦出來幾條虎鯊，那東西雖然在沒有水的地方，可要是咬住了人，同樣是致命的。

周宣微笑著沒出聲，這一網裏就只有海魚，沒有別的東西，也因爲沒有虎鯊這樣的海魚殺手追逐，所以海魚的游動速度慢得多，魚網網中的魚也因此才更加多一些。

福貴幾個人驚呆了一陣後，又激動起來，這麼一網，又讓他們多幾千塊錢的獎金了。剛上船的時候，福貴因爲吃速食的事跟周宣鬧了笑話，那時就覺得這個人還不錯，現在想起來還真是，就因爲他的到來，短短二天當中，就讓他們所有人都發了幾近兩萬塊錢的財。

在淡季來說，兩萬塊至少可以抵一季以上的收入，一年中，淡季占了半年，旺季的時候還要扣掉有風暴的時間，剩下的半年，能有滿打滿算的三個月好捕魚的時間就不錯了。一年當中，淡季和旺季平均算下來，能有六萬塊就是很不錯的收入了。

而現在，因爲這個新來的胡雲，他們一天的時間就當一年總收成的三分之一了，再回過頭來想一想，現在有了胡雲，每一次出海打魚都有這樣收穫的話，那一年的總收入就能達到驚人的七八十萬元，旺季肯定更多。

想想就夠他們憧憬的了。這個收入要真是能實現的話，比那些當大老板的都不少，在福壽村也是能直得起腰杆的收入了。

六個人，包括船長玉二叔都不多話，一起動手裝魚，顯然有點擔心，怕裏面又會蹦出虎鯊那樣的兇猛魚類來，但周宣沒有說話，淡淡的表情顯然是表示這魚堆裏沒有虎鯊了。

收網的時間已經是一點多了，六個人奮力幹活，只是這一網的魚太多，剩下的三百多筐都裝滿了，還剩下五六千斤的魚裝不了。

看來，三萬斤都還少得多了，這一網的魚可是超過了四萬斤。

玉二叔想了想，又吩咐道：

「把網收了，這些魚裝也裝不了，就放在甲板上，用帆布蓋起來。現在五點多，趁天還沒亮，全速返航吧。估計下午就可以回去了。現在是冬季，這魚放在甲板上也沒問題，可是不能再撒網了！這一次是破天荒的第一次滿載而歸，打的魚都裝不了了！打魚這麼多年，我可還沒有遇到過這樣的事啊！」

一網打幾萬斤魚，比起旺季的一趟出海收穫還多，這可是玉二叔從沒遇到過，也從沒有經歷過的，網才撒了三次，收穫的魚就已經超載了，以往哪有過？

而且，這兩網都是胡雲的功勞，第一網是玉二叔自己的命令，可是魚卻沒打到三百斤，這就是差距啊。

玉金山並不妒忌周宣，說實在的，他還覺得運氣很好，能在這個年輕人剛到福壽村就撈到了他！不過想起來，好像又不是他的功勞，而是趙成光的功勞，是趙成光撿到了這個周宣的。

玉金山又在動著腦子，等回去就跟玉長河商量一下，讓胡雲在船上做副船長，提高他的薪水。他現在想的是，一定要把這個寶貝留下來，無論多少薪水都可以考慮。

想一想就知道，以這個胡雲的能力，即使給他幾十萬的年薪都不爲過，他這樣的能力，賺回來的錢會更多，有他在的話，以後可以把玉家的四條船聯絡在一起出海，這樣就可以一次讓四條船得到最大的收穫，那就不愁賺大錢了。

如果胡雲這樣的人才被其他人知道了，玉金山幾乎可以肯定，絕對會有人出他想像不到的高額薪酬來挖他。

不過，在東海這一帶，他們玉家的財力在漁業這一行內，應該是分量最重的了，別的人也拼不過他們玉家，所以玉金山還有把握。胡雲看樣子也是一個踏實又老實的人，並不是十分貪財，只要自己誠心留他，想必不會有太大的問題。

而玉金山在玉家家長玉長河心目中的地位很高，只是玉金山並不想享受，又把打魚當成他的終身事業，所以不管玉長河怎麼說，他都不肯聽他的安排在家裏享福，一定要出海，說是要到幹不動的時候爲止。所以，玉金山也有把握讓玉長河答應。

玉長河之所以能把玉家的事業發展到這麼大，就是因爲他有眼光，有魄力，敢用人，像胡雲這樣的人才，那是漁業的必求之才，如果不留住他，那是玉家最大的損失。

因爲今天收穫頗豐，大夥兒都累了，玉金山讓眾人趕快休息睡覺，他和關林則換著班開船，全速返程。這也是他有史以來第一次在這麼短的時間內滿載而歸。

周宣給福貴拉著回到了船艙中，又弄了些東西來吃。因爲是返程了，這幾天肯定不用幹活，這一次回程又有大筆的現金拿，有錢就又能去瀟灑了。

福貴知道，胡雲回去後肯定會受到重用。在這條船上，應該是他和胡雲的關係最好，因爲他是最先見到周宣的。幸好一開始就對周宣不錯，以後肯定會得到他更多的照顧了。

「小胡兄弟，我跟你說，反正這次在船上贏了七八千，回去後還有大筆獎金，你就等著吧，你福貴哥我請客，帶你去海濱最好的地方玩個夠！」

福貴說這話的時候，語氣很古怪。周宣馬上就想到了之前福貴說要請他吃速食的事，臉上頓時就紅了起來。

連著幹了七八個小時，船上的人其實都很疲累了，但給將要得到的巨額獎金刺激著，沒有半點疲累的感覺。

福貴接著跟周宣聊天，吃東西，反正船回岸後不用幹活，這一次至少會休息三天以上的時間。福寶等人和老江也都過來一起聊天，席間也不時試探著周宣的話頭。

周宣哪會不知道？只是無論怎麼說，他也不會說出異能的事，找了些理由話題隨便搪塞了過去。

只要是沾到一點看海水、識魚群的問題，周宣都笑笑著轉過了話題，而福寶幾個人也明白了，人家是不願意說這事的，他們也就不再問了。換過來讓他們說，他們也不會說的，要是說了，誰都會了這一手技術，他還有什麼優勢？而這一手技術，可以說讓福寶他們所有人都羨慕不已。

不過，這時候，大家可就都對周宣客氣多了，語氣中還暗暗有一絲巴結的味道。也不由得他們不勢利，人性就是這樣，憑實力說話。你實力強，人家就會尊敬你，你實力弱，就只能你去巴結人家。

這些人不是瞎子，也不是傻子，包括玉強，也是看得十分清楚。一開始他對周宣不客氣，但現在卻變得畢恭畢敬的，周宣的未來可不是他能想像和控制的，就憑找到魚群來說，那也是他們望塵莫及的了。

想想看，六萬多斤海魚，十二條虎鯊，對他們這條船來說，是一個多麼龐大的數字啊，同樣是一個無法逾越的門坎，若是只靠他們自己，無論如何他們也不可能達到這樣的數量的，放到旺季也沒這個可能。

只有關林一個人沒看到這些，因爲他一直都在駕駛艙中，否則給他看到，他的忌妒心會更大。

玉金山特別興奮，替換了關林開船。關林一出艙就睡著了，周宣和福貴等六個人聊著吃著，最後也都各自倒在地上睡著了，直到第二天下午一點多鐘的時候，船才到岸。

玉金山早就打電話通知了趙成光，讓他找十來個工人搬貨，又讓他來一輛運活海鮮的水箱車。

趙成光不知道是怎麼回事，玉金山在電話中也沒跟他說清楚，只是要他按自己說的安排，說是有魚。趙成光雖然疑惑不已，還是照辦了，畢竟玉二叔可是個辦事沉穩的人，不會亂說，只是奇怪的是，明明前天凌晨才出的海，算上出海和回程的時間也才兩天，中間最多才幾個小時，哪能有這麼快的速度就打到魚的？

可到了港邊時，趙成光到船上一看，這一船超過五百多箱的海魚，甲板上還堆了五六千斤沒有筐子的散魚，玉二叔還興沖沖地帶他到活魚池處觀看，裏面十二條三米長的虎鯊正在水中翻滾。趙成光不由得呆了。

他是玉家專門管理漁業的，對海鮮海市的價錢極爲熟悉，這十二條虎鯊，可是比老虎都絲毫不遜色的値錢貨，一條虎鯊至少値三十萬元以上，十二條，那是多少錢？

而且，這還是趙成光極爲保守的估計，這十二條鮮活健康的活虎鯊，在海鮮魚翅商那裏，只是魚翅就能賣到五十萬元以上，而鯊魚肉在星級大飯店中，也能賣上超過一千元一斤的價格，這一條虎鯊約有三百斤左右吧，光肉就能賣上二三十萬元，整條活鯊，一條能値三十萬，如果不嫌費事，想多賺一點，把鯊魚殺了分開賣，這樣還能多賣上幾十萬。

趙成光呆愣了一陣，然後瞧瞧在一邊興奮的玉金山，不由得詫道：

「二叔，你這是走了什麼好運？這一趟，這麼短的時間就能打到這麼多的魚，而且還有十幾條虎鯊？」

說完又左右瞧了瞧，低聲道：「二叔，你知道嗎？就這十二條虎鯊就能賣三百多萬，加上這六萬多斤海魚，總價值能賣上四百萬啊。這個量，可是這條船半年也達不到的數字！這可好，一次就有了這個數！」

玉二叔呵呵一笑，趙成光的意思他明白，這是怕其他人聽到。如果發獎金的話，玉二叔可以從中分得多一些，但玉二叔笑笑道：

「成光啊，說起來還是你有眼光，這次能捕到這麼多的魚，你的功勞最大啊！」

趙成光呆了呆，很是不解地問道：

「什麼？我的功勞？我哪來的功勞，我又沒出海。」

趙成光心裏狐疑不已，猜想可能是玉二叔想跟他拉攏關係吧，可看樣子又不大像，玉二叔是出了名不買賬的玉家老人，不跟玉瑞、玉祥和他這三個人任何一人拉關係，自己幹自己的，老實地守著這條船，而他丈人玉長河也對玉金山極為信任，從來不過問他的事。

所以，趙成光雖然不大瞧得起玉二叔，但卻從來對他都是客客氣氣的，不願意得罪他。在玉家，雖然他趙成光是玉長河的親女婿，但卻不得勢。也難怪，女婿嘛，始終隔了一層，說是兒子，那也只是半個兒子而已。

玉二叔笑呵呵地擺擺手，說道：

「這一次打魚大豐收，你知道是誰幹的嗎？呵呵，就是胡雲啊！」

「胡雲？哪個胡雲？誰是胡雲？」趙成光莫名其妙的，忍不住問道，這個胡雲他又不認識，幹嘛說成是他的功勞？

玉二叔又笑呵呵地回答道：

「你介紹上船的那個年輕人啊！你不知道吧，他可是一個只要在海面上觀察海水就能知道哪裡有魚群的高手啊！這六萬多斤海魚，十二條虎鯊，就是胡雲撒了兩網網到的！」

「兩網？」趙成光又大吃了一驚。

趙成光雖然沒出海，但附近海域漁民的捕撈能力他可是十分瞭解，大部分漁民打魚回來都是賣到他們玉家的海魚製品廠，這麼多的漁民，可從沒聽說誰一網能打到幾萬斤魚的，而且還網到十二條虎鯊。

聽玉二叔說起來，這還是一網就網到的，兩網打到幾百萬的魚，在東海沿海一帶，還找不出這樣的一個能人出來。

趙成光呆了呆，然後才想起胡雲是誰，原來就是前天下午他招來的那個又老實又勤快的年輕人啊，這時才想起他的名字。這個年輕人會有玉二叔說的那般有能耐？

「回去再細說，走吧。」玉金山在趙成光耳邊低聲說著，然後又瞧了瞧周宣福貴那幾個人，悄悄道：「成光，這個胡雲的事，你我都做不得主，必須跟你岳父商量，先回去再說，不過得好好安排一下胡雲的住處問題。」

一般的工人，都是在玉家工廠的宿舍大樓隨便給安排一處就行了，不過，現在對周宣可不能按照之前的方式來辦了。

趙成光想了想，沉吟了一下，然後說道：

「二叔，照你這麼說的話，工廠的宿舍就不大合適了，一時也不好找，不過，我岳父家五樓有幾間房是空著的，要不……在那裏將就一下，等以後找到好的地方再搬怎麼樣？」

玉二叔呵呵一笑，朝趙成光伸了伸大拇指，說道：

「成光，我從來不說你跟玉瑞、玉祥三個兄弟間的好壞，不過說實話，你這樣的為人處事，倒是比他們兩兄弟要強。把胡雲先弄到你們自家住，其實就是對胡雲最大的尊重，不管好壞，跟老闆家人一樣的待遇，那他也沒話說了，我們再以高薪留住他，就更好說話了。」

趙成光一喜，能得到玉二叔這樣的稱讚，可是破天荒頭一遭的事。他一直被玉瑞、玉祥兄弟壓得死死的，並不是他能力不足，只是因為人家是玉家的親嫡傳，而他只是女婿，無形間就隔了一層，得不到重用也是沒有辦法的事。

現在有玉二叔的幫忙，就算沒有多大起色，但能把他管理的漁業做到有聲有色，那也能讓玉瑞玉祥兄弟臉上無光，以後好說話。

玉家在福壽村邊外有一棟別墅，五層樓高，一樓是大客廳，二樓是玉長河和老頭子、老太婆共用，三樓二兒子玉祥夫妻用，四樓則是大女兒玉嬌和丈夫趙成光以及小女兒玉琪使用，五樓空著。

大兒子因為執掌玉家最有前途的房地產生意，在海濱市有別墅，所以不在老家住，玉家的五樓是空著的，每一層建築面積有四百多平方，夠住得很。

村裏其他村民都建了一棟或者幾棟房子，自家住一層，剩餘的出租，租金是全家人最重要的經濟收入之一。

不過，玉長河一家自然不會以出租房子來生活，他不想太嘈雜，玉家也不缺那個小錢，房子當然是不會出租的。

趙成光這麼一說，玉金山是很高興，不過趙成光心裏沒譜，玉家的這棟老屋可以說是從沒讓外人住進去過，他們冒然把周宣帶回去，若是玉長河不同意，可也不好說。所以，趙成光說這話時是悄悄說的，不讓周宣這邊的人聽到，如果玉長河不同意，他們就再另外找房子。

村子裏面的民房自然是不考慮的，像周宣這樣的人才，按玉二叔的安排，至少薪水都得過幾萬，有這麼高的收入，又怎麼會住民房？

玉二叔又對趙成光道：「你安排人在這兒下貨，我們一起回去，就坐你的車。」

周宣沒有行李，空手來的自然是空手去，也不知道會被安排在什麼地方，想了想，便對玉金山說道：

「二叔，我想去買些生活用品，住什麼地方跟我說一聲就行了。」

福貴幾個人也不好說什麼，他們都是本村人，住自己家裏，並沒有住玉家的工廠裏，不過玉家一共有四條船，還有三條船上的船員，有好幾個不是本村人，都是安排到玉家海魚製品廠的工廠宿舍大樓裏住的。

按福貴的估計，應該是會把周宣安排到那兒。那是在福壽村以西，相隔十來里以外的偏郊地區，因爲工廠也是設在那兒的。

不過沒等到他問，玉金山就把周宣拉到了趙成光的白色寶馬車上。

上了車後，玉金山才對周宣低聲說道：「小胡，跟我們走，等我們回去辦點事，然後給你找房子，準備住處。」

因爲還沒得到玉長河的回答，所以玉金山並沒有把他們的打算說出來，免得到時候玉長河不同意沒面子，也容易得罪人。要是把周宣得罪了，那可不好。

他有這個本事，到哪一家漁船上都能得到最好的待遇，這是肯定的，像這樣的一個人，有他一個人就能當幾十條船的人手使，甚至更多，這樣的人才，哪個不想要？

趙成光等玉二叔和周宣上了車，然後才上車。

上了路後，他扭頭問道：「小胡，你是哪裡人？」

周宣微微一笑，回答道：「是長江邊上的，經常玩水，去年有段時間跟著朋友的船到索馬里待過一陣，看水識魚群的經驗技術就是在那兒學的，不過並不是百分之百，這一次也只是運氣好些。」

趙成光和玉二叔見周宣這麼說，心裏更是喜歡他的謙虛，一個人在這樣的時候，明知道自己的能力，卻沒有半分拿能力來說話要價的念頭，這樣的人確實討人喜歡。

從海邊回到福壽村，時間很短，十分鐘不到，而且還是因爲趙成光開得慢，到了玉家的大別墅處，趙成光把車停下來，然後對周宣笑笑說道：

「小胡，我跟二叔回家辦點事，你就在車上稍等一下。」

周宣點點頭。趙成光和玉二叔趕緊到別墅裏。

這棟別墅其實不在正村裏，而是在村子邊緣，因爲是在邊緣，所以別墅四周的環境要比村裏好得多。

村裏的房子都是六七層高，每條巷子間隔只有一兩米多，房屋與房屋間的距離很近，絕大部分的房子，四樓以下都沒什麼光線，房間長年都是黑黑的，需要用電照明，不是自然採光。

村子裏的房子比外面的社區要便宜得多，所以租房的人也多，很多打工的人都是貪圖房租便宜，若是換了社區的房子，租一間的價錢在這裏能租五間，或者更多。

車子就停在這棟別墅的大門前，門前是兩百平方左右的小廣場，左右還有盆花盆景，搞得很漂亮。

別墅高五層，從外面來看，裝飾不是很豪華，但很氣派。玉二叔和趙成光一起進了別墅，在外面自然看不到，不過周宣用異能卻是探測得一清二楚。

趙成光和玉金山進了別墅後，客廳裏有四個人，兩個八九十的老頭子老太婆，一個五六十的半老者，之所以說他是半老，是因爲他的相貌精神看起來只有五十左右，但身體的機能情形至少是六十開外的老人了。

周宣用異能探測著，不是想看玉金山的隱私，只是想知道自己的這一份工作有沒有把握。對周宣來講，要找一份很滿意的工作相當難，而這一份出海的漁民工作，周宣很滿意，因爲在海上就能不用跟更多的人打交道，能更保證自己不被京城那邊的人找到。

客廳裏還有一個二十歲左右的女孩子，看她的穿著打扮，又在客廳裏端茶倒水的動作，應該是個佣人。

玉金山和趙成光一進客廳，那老太婆就招呼著他們坐下來，玉金山恭敬地叫道：

「大娘，大伯，長河哥。」

趙成光卻是叫著：「爺爺，奶奶，爸。」

原來客廳裏的人是趙成光的岳父和爺爺奶奶，而玉金山是兩個老夫妻的侄子，玉長河的堂弟。

玉長河擺擺手，吩咐佣人沏茶，然後又問道：

「二弟，你不是前天才出海嗎？怎麼今天就回來了……唉，現在枯季是這個樣子，不用太過擔心。」

玉長河的口氣，認爲玉金山是出海沒打到魚才回來的，所以安慰他。

玉長河確實是這個意思，近年來，玉家的主業早已經由漁業轉型過渡了，漁業雖然還是占玉家百分之二十的產業收入，但卻不是最重要的產業了，而且玉家的漁業收入也主要靠魚製品廠，魚製品廠的原料來源是整個東海沿海一帶的漁民，僅僅憑玉家一家的四條船，又如何能撐得起來？

玉長河安慰玉金山，是怕這個多年就跟著他的堂弟灰心，他一輩子就是以打魚爲生，現在的漁業收成越來越差，而這個堂弟又不會去幹別的，幹到現在倒不是爲了生計，而是有一份自己喜歡的職業，但近幾年來的魚收成實在太差，玉金山曾對他多次說過灰心的話，準備退休了，所以玉長河才安慰他。

不過，玉長河沒想到的是，玉金山卻是笑容滿面地對他說道：

「長河哥，你這次可是想錯了，我跟你報告這一次的行程，前天出海，昨天下午和晚上兩網打到了六萬多斤，也就是三十噸海魚，另外還有十二條三米長的虎鯊，這個大豐收，你無論如何也想像不到吧？」

「什麼？」

「咯登」一聲，玉長河把身邊的一張椅子推翻了，霍地一下站起來，張口結舌地問道：

不由得玉長河不驚訝。

玉家最長的老太爺玉秋槐也驚訝著問道：「金山，你說什麼？是真的嗎？兩網六萬斤海魚，還捉到了十二條虎鯊？」

玉金山點點頭，然後說道：「大伯，長河哥，你們覺得我會說謊嗎？」

當然不會，別的人或許他們不相信，但玉金山的話，一句就是一句，從來沒有假話，更沒有廢話，所以玉長河也從來不怠慢這個堂弟。

趙成光也在一旁說道：「爸，是真的，我已經安排人從船上下貨，又安排了水櫃車裝虎鯊，二叔這一趟，最少弄回來四百萬以上的收入。」

玉長河父子都呆了呆，好一會兒才回過神來。

玉長河趕緊又問道：「二弟，碰到魚群了？現在可是枯季啊，以前在東海一帶，即使到了深海，在冬季，也是難以遇到大批量的魚群的。」

「是捕到魚群了。」玉金山嘆了一聲，然後說道：「不過不是碰，而是逮到，是在深海中發現魚群的蹤跡，然後兩網下去就打到了這麼多的魚，而且，第二網還是在昨晚十二點過後打的。」

玉長河又是一怔，隨即不信地問道：

「晚上十二點？那怎麼可能？」

對於打魚的漁船來說，入夜是不可能進行捕撈行動的，而且在夜裏，根本就看不出任何魚群的方向來源，在離岸極遠的深海區域，海魚不像在海岸一帶，游得很淺，在深海區域，海魚通常都是在海面下幾十米深的海水中，在夜裏又如何觀察得到？

就算是在白天，也不容易觀察到，玉長河本人也是一位老漁民，接收的最早的家族產業就是漁船，幹了差不多也有十多年的捕魚生涯，對於捕魚所有的經驗和技術，並不比玉金山差，所以玉金山一說出來，他覺得十分不可思議。

「不是我，」玉金山當即回答著，又把臉一肅，正經地對玉長河說道：

「長河哥，我現在跟你說的就是這件事，想請你做個決定。」

玉長河見玉金山一副極嚴肅的樣子，也是一怔，點點頭道：

「好，你說。」

這個堂弟從來沒要求過他什麼，做事刻刻板板的，這次的話很不正常，所以玉長河也正正經經地回答著，一邊在等著他把話說出來。

「長河哥，事情得從前天說起。」

第五十四章

慧眼識人

如果他說是自己慧眼識人的話，
以胡雲這麼驚人的本事，玉長河肯定會注意到他，
只要一面談，立刻就會知道所有事，
要是老丈人知道他撒謊，那事情就不好辦了，
在老丈人心目的地位就會更差了。

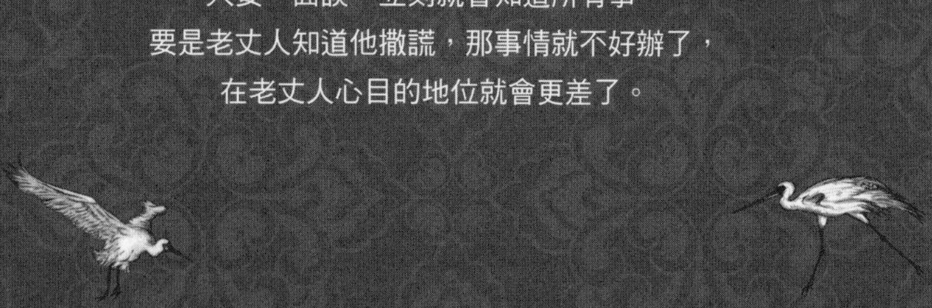

玉金山然後指著趙成光說道：

「前天下午，成光給我打電話，說是找了一個工人到我船上，因爲前兩天走了一個，所以缺一個人，我準備在村裏找一個本地人，放心一些，不過成光跟我說了，成光辦事挺穩當的，我也就同意了。當時我就跟成光說，讓那個工人到船上跟福貴一起守夜到凌晨，跟我們一起出海。」

接下來，玉金山就把他們在船上的事都說了一遍，玉長河父子才算是明白了。而趙成光也是這時才真正曉得周宣在海上捕魚的情形。

玉長河沉吟半晌，然後又對趙成光說道：

「成光，這個胡雲，你是從哪裡找到的？」

趙成光趕緊說道：

「爸，是這樣的，我之前聽二叔說走了個小工，所以我就在注意，那天我在搬運貨物的時候見到這個小胡很認真，一點也不偷懶，他一個人幹的是另外五個人的總和，這樣的年輕人讓我很注意。我想，二叔船上本來就需要認真的工人，這個小胡不錯，所以我就把他招了來。我跟二叔說，要是試用不行就炒了他，沒關係，反正又不是咱們的親戚。不過，我確實不知道小胡還有那樣的本事。」

趙成光很聰明，在這件事上他沒有撒謊，而是照實說了。

如果他說是自己慧眼識人的話，以胡雲這麼驚人的本事，玉長河肯定會注意到他，只要一面談，立刻就會知道所有事，要是老丈人知道他撒謊，那事情就不好辦了，本來他在玉家的地位就尷尬，出了這樣的事，在老丈人心目的地位就會更差了。照實說的話，說不定還能在老丈人心裏留下個踏實辦事，不圖功勞的印象。

趙成光這一手確實達到了目的，玉長河欣然點點頭，沉吟了一陣，然後又問道：

「二弟，你現在想用什麼條件來留住這個胡雲？」

玉金山咳了一聲，猶豫了一下才道：

「長河哥，個人的能力，說實話，他應得和能得到的，都遠在我之上，所以我做不了主，就算把我的船長位置給他也沒用。長河哥，說到底，這些是你的產業，大事還得你自己拿主意啊。」

玉長河凝神想了想，微微點頭，然後說道：

「二弟，以你的觀察，我想不用我再多加審核他了，既然他有這樣的能力，我想這樣吧，今年給他一百萬的年薪，我們把四條船集合在一起出海。如果他的能力真有那麼出眾，每次都能滿載而歸，那我們還給他分紅，以這次的收穫量來算的話，他的實際收入會超過五百萬元以上，如果以後的收穫不如意，這一百萬元我們也付得起，就算拿這一次的收入減少四分之一罷了，沒有太大的損失，你看如何？」

玉金山和趙成光都愣了愣，沒想到玉長河的魄力的確不是他們能比擬的，玉金山是想著五十萬左右的年薪，再加上一定的分紅獎金；而趙成光卻以爲十萬元就夠了，沒想到岳父給他的竟然是十倍的薪水，如果再加上獎金的話，那就是五十倍之多了。

不過，玉長河的這個提議，卻是玉金山很滿意的。以這樣的薪水報酬，想必那個胡雲是不會抗拒了，這個年薪，就算以後漁穫量不理想，也是一百萬底薪了，如果以他這一次的表現，收入加上分紅就會超過五百萬，也不會虧待他，拿到那些大公司的老總薪水相比，可也是毫不遜色，以他一個小小的新人漁民小工，已經是撲騰飛上天了。

趙成光完全沒想到岳父會給胡雲這樣高的薪水，心裏不禁有些忌妒，不過在面上卻絲毫沒有表露出來，如果這個胡雲以後在玉家有分量了，至少也算是他的一份力量，是他的左膀右臂。

趙成光一年的薪水也差不多就一百萬，這已經包括了一些福利分紅，而他介紹的這個胡雲，一下子便是一百萬的底薪外加分紅。只要他真有這樣的能力，以後每次捕魚的數量相近，那一年的總收入肯定會超過五百萬，已經遠遠超出了他現在的收入了。

趙成光不動聲色地努力把自己的嫉妒心思壓下去，然後才說道：

「爸，還有一件事我要跟您商量，就是這個小胡還沒有住處，如果安排他跟工廠的員工住一起，顯然不合適，所以我想，要不要讓他先住在家裏的五樓上？」

玉長河怔了怔，隨即低頭沉思了一陣，然後抬起頭來，瞧著趙成光笑呵呵地道：

「成光，你倒是越來越成熟了，這一手確實不錯，想要抓住一個人才，金錢是一部分，但老闆的恩撫卻更不可小視啊。讓他跟我們住一起，想必他絕對拒絕不了我們的挽留。再說，住在我們家中，別人想挖走他也就不那麼容易了，在我們的眼皮底下，他總是要給我們玉家幾分面子吧？」

趙成光微微笑了笑，說道：「只要是爲了我們玉家好的事，我都願意做，再說，玉家好了，我才能得到好處啊。」

「那行，就這樣決定吧。」玉長河點頭應下來，然後又問趙成光：「成光，你給他準備一下生活用品吧。一般所需的，樓上房間裏都有，一應俱全，只需買些他自己穿的服裝就好。嗯，這樣吧，成光，你先給胡雲十萬元現金，作爲這個月的薪水，另外，船上船員每人四萬元的獎金，胡雲八萬元，一共給他十八萬。」

趙成光點點頭，還沒說話，玉長河又說道：

「成光，你跟你二叔也各拿十萬的獎金，獎勵你們找到人才有功。呵呵，去留住我們這個人才吧。」

玉長河擺擺手，然後指指客廳外面的樓梯，這棟樓房的樓梯在大廳外，並不在房裏，如果趙成光帶周宣上樓的話，不必經過房裏的客廳，也不用跟他們見到面。

目前，玉長河還不想跟周宣直接照面，玉長河想再觀察一陣子，確定他是真正了不起的人才，再見面也不遲。趙成光和玉金山都明白玉長河這樣做的目的。

趙成光當即起身說道：「爸，那我就去準備了，帶他上樓找一個房間。」

玉長河擺擺手，又對玉金山道：「二弟，你留下，我再跟你聊聊。成光，你就帶那個胡雲到樓上吧，該怎麼辦你就怎麼辦，不需要事事跟我說。」

趙成光退了出來，到別墅門外走到車邊。

周宣正坐在寶馬車裏聽著歌曲，趙成光拉開車門，笑說道：「小胡，下車吧，先給你找個住處安頓下來。」

周宣當然知道他們要安排自己住到這棟房子的五樓，不過臉上還是故意露出一絲詫色，問道：「要住到哪裡？」

「跟我來吧。」趙成光笑呵呵地說著，帶著周宣下車走進別墅裏。

二人從邊角樓梯走上去，趙成光一邊走一邊回頭說道：

「小胡，因爲暫時找不到合適的住處，我就跟我岳父商量了一下，讓你先住在我們家五樓吧，房子是空著的，不過就算空，從來也沒有給外人住過。」

周宣淡淡一笑，沒有說話。趙成光的意思就是要他心存感激，外人是不給住的，但爲了他破例，難不成他還成了他們家的親戚了？

周宣心裏想著，住趙成光的岳父家，那也不錯，不過卻不是他貪圖在他家的享樂，主要是在玉長河家中，可以省了許多麻煩，至少警方派出所什麼的要查人找人的話，是絕對不會查到玉長河家中來的。

在玉長河家中，肯定是安全的，周宣想要的就是這樣的環境。有玉長河這樣的保護傘，傅盈家的人可就不容易找到自己了，而且又是在海上工作，這個更合他的心意。

五樓除了一個大客廳外，整整還有六間房間。

趙成光打開了一道門，周宣進去一看，房間極寬大，至少有八十個平方，各種設施一應俱全，不是多豪華，但卻很有氣勢。

趙成光偏過頭，瞧著周宣問道：「小胡，這房間滿意嗎？」

周宣瞧了瞧，點點頭便道：「滿意，行，謝謝你了，我一定好好工作，不會讓你們失望。」

話雖如此說，但趙成光卻沒從周宣臉上看到半分的激動和欣喜，彷彿這一切都不是他的事，與他無關一樣。

趙成光有些看不透周宣，不過此刻也沒有多想，趕緊掏出支票和筆來，刷刷地寫了一張十八萬元的支票，遞給周宣說道：

「小胡，這裏是十八萬元，我剛剛跟我岳父說了，想給你年薪一百萬元的數目，讓你在我們的船上工作。如果漁穫量夠好，還會有高額的分紅。這裏的十萬元是你這個月的薪水，八萬元是你這次的獎金，夠用了嗎？」

周宣不客氣地接了下來，給他們打了兩網，拿十八萬元一點都不過分。而且現在，他身上正好沒錢，身上沒錢的日子可不好受。錢不要太多，但需要的時候夠用就好，十八萬基本上可以支持他的一般開支了。

趙成光對周宣說道：

「小胡兄弟，你自己先收拾一下吧，我先下去，我跟我太太就住在下面四樓，三樓是我妻弟玉祥住著的，二樓是玉家的老人家和我岳父，所以一般情況下，你不要隨便亂闖，有事給我打電話就行了，只要別打擾到他們就好。」

說完，趙成光就往樓下走去。走到樓梯口時，趙成光又回過頭來掏了一張名片遞給周宣，上面有他的電話號碼，要找他就方便了。

等趙成光下樓後，周宣關上了房門，重重地坐進了客廳中的沙發裏，歇息了好一陣子才坐起身來。

他把自己的手機掏出來，看了半天卻是沒有開機。

手機是從在京城逃走的那一天起就關機了，到現在他都不敢開機，生怕傅盈和家裏人知道了打過來。不過，他又實在是思念傅盈和家人，只是看如今的情形，他也只能把對家人和傅盈的思念全部壓在心中。

趙成光來給他開了支票，從頭到尾都沒問過周宣，他是不是要留下來，也不知道是忘了還是有什麼別的原因。

因爲異能的原因，周宣並不疲勞，所以精神很好，一下也睡不著，想了想，就拉開窗簾看了看外面的風景。

窗臺外面還有一個大陽臺，他當即把陽臺門打開，走到陽臺上，從五樓的高度看遠處的風景，還真是不錯。周宣在陽臺上停留了幾乎半個小時，心裏亂七八糟的想著往事，神思恍惚。

呆立了許久，忽然感覺到身後有人，趕緊急急一回身，陽臺門口果然有一個人，是個年輕女孩，短髮，很精明的樣子，此刻正睜大了眼睛盯著他。

周宣一回身，她當即問道：「你是什麼人？怎麼會跑到這裏來？」

這個女孩大概二十三四歲的樣子，調皮得像個男孩子，穿著也十分簡單俐落，相貌不是很漂亮，但是很耐看。她的模樣，跟他在客廳裏探測到的那個玉長河有幾分相似，可能是他的女兒，就算不是他女兒，想必也是與他有關係的親戚。

周宣歪著頭看了她一眼，淡淡道：

「我是打工的，老闆安排我住在這裏，就是這樣。」

「安排你住在這裏？」那女孩子詫道，然後又皺著眉頭，露出不信的表情，隨即掏出手機撥了個電話。

「爸，我們五樓怎麼住了個陌生人？……什麼？你答應的？……」

在這女孩子打電話的時候，周宣已經用異能探測到樓下的客廳中，玉長河果然在接電話，看來這個女孩子確實是他的女兒了，否則不會是這種口氣。

周宣又探測到玉長河說道：「玉琪，你別招惹那個人，那是你姐夫找回來的人，暫時還在觀察期中，你就別去問這問那的。」

等到玉長河掛了電話後，周宣又見到這個叫玉琪的女孩子收起了手機，偏著頭盯著自己，一臉奇怪的表情。

玉琪心裏想著，這個人究竟是幹什麼的？破天荒的住到她們家裏不說，聽老爹的口氣，還很看重這個人，不知道姐夫搞什麼鬼，一個打工的，就算再了不起，還能跟老闆平起平坐不成？

不過，既然老爸吩咐了，玉琪也就沒打算再跟周宣說什麼，她也確實不喜歡跟陌生人待在一起，當即轉身下樓。

周宣也不跟她多說，自己進房整理了一下。浴室裏，一切生活用具都是新的，沒人用過，要買的就只是一些換洗的衣服。

周宣整理過房間，沒別的事，想了想，準備下樓到銀行去把支票兌了，取錢出來買點衣服之類的。自己身上的錢還有六百多，本來只有兩百多，前天在船上玩牌贏了幾百元，暫時用錢是夠用了，但要買衣服褲子想必就不夠了，必須得領錢。

剛走下樓，周宣又想到一個問題，他沒有身分證，用自己本來的身分，肯定就會被京城的親人們找到，從銀行兌了支票，難道要全部換成現金放在身上嗎？顯然也不適合。

周宣想了想，記起下船時，福貴給了他一個電話號碼，說是有空就給他電話，他會找周宣一起出去逛逛。

周宣也沒當真，福貴所說的逛逛，就是流連於情色場所中，他可沒那個興趣，不過現在想起來，自己還真有要他幫忙的地方。

在衣袋裏找出了福貴留給他的電話號碼，然後在村口邊的商店裏買了一張預付卡，花了一百元，裏面有一百元的電話費。周宣把自己手機裏的晶片卡取出來，換上了這一張，這才開了機。再把舊卡收好了。

電話一通，福貴的聲音就傳了過來：「誰啊？」

由於這個號碼很陌生，從沒見過，所以福貴立刻問了一下。

「是我，福貴哥，……胡雲。」周宣回答著，說自己的名字時還遲疑了一下，因爲下意識地差點說出自己的本名，好不容易才忍住了，現在要特別注意，別露出了馬腳，千萬記得，自己現在的名字是胡雲，而不是周宣。

「啊……小胡……呵呵呵，在哪兒，正想過老闆家來看一下，你住哪裡？我還想著今晚帶你嗨一下呢。」

周宣乾笑一聲，這福貴除了那檔子事，就再沒別的話題了。不過，周宣卻蠻喜歡他的直爽，把自己當朋友了後就不設防，雖然他多少也有巴結自己的意思，但總的來說，這個人還是不錯。

「我在村口，福貴哥，我找你有點事，想請你幫個忙。」周宣沉吟著說道，沒有說出身分證的事，電話裏也不好說，還是等福貴出來後再說吧。

福貴當即讓他在村口等著，說他馬上就到。

這個馬上果然很快，兩分鐘的時間，福貴就趕到了，不過跑得氣喘吁吁的，額頭上全是汗水，看來這傢伙每次出海後就吃速食，身體都搞虛了。

福貴一見到周宣，喘了幾口氣後，伸手拍了拍周宣的肩膀，笑道：

「兄弟，趙經理安排你住哪兒了？」

周宣指了指身後的方向，說道：「暫時住在玉老闆家的五樓，反正是空著的。」

福貴一怔，很是意外：「老闆家？……嘿嘿嘿……」

笑了幾聲後，福貴又問道：「兄弟，你找我出來什麼事？我先提幾個地方供你參考一下，看看選哪個地方。」不等周宣回答，又扳著手指頭說道：

「皇宮夜總會，那兒的妞漂亮，狂野，夠勁，但價錢貴；名城的妞少一些，價錢也便宜一些，不過最便宜的是……」

「福貴哥，先不說這個，我有別的事要找你幫忙。」

周宣趕緊打斷了福貴的話，要是讓他一直說下去，估計說到天黑也說不完，像這樣的場所，哪裡沒有？

「福貴哥，我想到銀行兌了支票，不過我來這邊的時候，在車上被偷了，身分證弄丟了，所以銀行開不了戶，福貴哥，你能不能開一張銀行卡先借給我用一下，以後我辦好了身分證再還給你。」

福貴想也沒想的就道：「這叫什麼事，我的銀行卡多了去，不過大部分沒錢，你要用，我隨便給你一張就是，哪需要再到銀行開戶呢。」

說著，從衣袋裏掏出皮夾，又從皮夾裏取出了一張銀行卡來，說道：

「兄弟，卡裏沒錢，你儘管用就是，不用的時候，只要裏面沒錢，你扔了就是，沒多大用處。」

周宣接過銀行卡，也不客氣，就問福貴銀行在哪裡。福貴是本村人，閉著眼也能找到銀行的位置，當即帶著周宣找到村外商業街處的銀行。

周宣只等待了十分鐘不到，銀行的工作人員就把支票兌換好，然後把錢匯到了周宣指定的福貴卡片的帳號中，十八萬元，一分不少。

福貴自己也得到了四萬塊的獎金，正樂得不得了，四萬塊啊，那可是一年的收入啊，現在出一次海就得到這麼多的獎金，那要是一年到頭，次次這樣，那就可以說是美夢成真了。

不過想想也知道不太容易，但願胡雲能讓這個美夢實現吧，就算沒有想像得那麼高，只要每次出海回來能有幾千塊的收入，那也是滿意的。

這一切都是靠眼前這個胡雲啊，福貴心想，得對他好一些，至少以後可以跟著胡雲一起打魚，拿高工資。

這個胡雲，絕對是有大本事的人，雖然不怎麼愛說話，但從他身上能察覺到，他絕對是扮豬吃虎的那一類型，有高超的捕魚技術，就憑這一點，就可以讓他吃好的喝好的。

福貴還不知道玉金山和趙成光早跟玉長河商量好了，給周宣一百萬的年薪，然後按照收成來提成，要是知道這個消息，福貴還不得把他眼珠子都嚇得掉出來。

一百萬的年薪，那是福貴打死也不敢想像的事，就今天得到的四萬塊獎金，那也是盤古開天自古第一回啊，以前最多的一次，就拿過兩千五的獎金，那還是旺季出海收成最好的一次。

周宣辦好支票兌付，轉到福貴給他的銀行卡中後，又在櫃員機上面查了一下餘額，如福貴所說，裏面只有十塊錢的餘額，倒無所謂，如果多了，得退給他。

出了銀行，福貴二話不說，拖著周宣就硬上了一輛計程車。周宣不知道福貴要拉他到哪裡去，面對福貴的熱情也不好強硬拒絕。

還好福貴帶他去的地方是一間餐廳，點的菜全是東海這邊最有名的本地特色菜，這一頓花了一千多塊，在福貴來說，是很大一筆開支了。

他這個人性子直，又好色，平時喜好在外面拈花惹草，所以錢總是不夠花，拿一千多塊錢來招待朋友，就算是大的。

周宣拿著卡要買單結賬時，福貴臉紅脖子粗地推了他一把，急道：

「在船上就說好了，回來我帶你吃好的玩好的，那還是贏的錢，不是得的獎金，就算後面的獎金，差不多也是你幫我們得到的啊，憑空得了這麼一大筆錢，請你吃頓飯還是小的，你現在要跟我爭付這個賬，那就是不把我當兄弟了。」

周宣笑了笑，收了銀行卡，笑道：「那好，福貴哥說請客，我就照吃，你買就你買。」

福貴笑呵呵地買單付了賬，說道：「那就對了嘛，等一會兒我們再到……」

周宣頓時頭痛起來，等一會兒福貴是要帶他去玩好玩的了，在福貴眼中，好玩的自然就是美女與野獸的遊戲了。

只是在門邊，福貴的手機響了起來，他看了看，有些詫異地嘀咕了一聲：「玉二公子？」隨即趕緊接了電話，問道：「祥哥，你怎麼會打到我這兒來了？這麼有閒啊？」

周宣心裏一動，趕緊也運起異能，探聽著福貴手機裏對方的說話聲。

「福貴，你在哪兒？……我聽說你們船上來了個了不起的高手，能看水識魚群，兩網打了六萬斤魚，十二條虎鯊，是真的還是假的？」

「呵呵，當然是真的，我們船上的人個個都是親眼目睹，祥哥，告訴你吧，這個高手啊，現在就在我身邊，剛請他吃了頓大餐，這會兒想帶他到名城啊，或者是明珠娛樂城玩一玩……」

聽福貴的口氣，對方應該是玉長河的二兒子，叫玉祥吧。

「福貴，你那些垃圾地方有什麼好玩的，到皇宮夜總會來，我請客，你把胡雲給我帶過來。」

玉祥不容分說地命令著。

福貴一怔，心裏有些惱，這個玉祥，明顯是想借他的手來拉攏周宣。

在玉家，船業這一行並不歸玉祥管理，玉祥管理的是玉家的餐飲娛樂行業，手底下是玉家的幾間重量級的豪華飯館和娛樂城，還有幾間大型酒吧夜總會等等。皇宮夜總會就是玉家的產業，是海濱市首屈一指的娛樂地方。

玉長河共有兩個兒子兩個女兒，大兒子玉瑞管理玉家的房地產生意，是玉家目前分量最重、投資最大的產業，二兒子玉祥管理餐飲娛樂業，大女婿趙成光管理漁業，小女兒玉琪剛念完書從英國回來，大女兒玉嬌，也就是趙成光的妻子，因爲不是念書的那塊料，在家就當個少奶奶。

玉長河的兩個兒子一個女婿，在玉氏家族中明爭暗鬥，當然，趙成光明顯要弱一籌，基本上不跟玉家兩兄弟鬥，而玉瑞跟玉祥兩兄弟倒真是互不相讓，明裏暗裏都在鬥法。

這次，玉祥回家，聽妹妹說周宣住到他家五樓的事，馬上就知道這事不對勁，他家的房子豈是能隨便讓外人住進來的？

再又聽說，這個人是姐夫趙成光介紹的，本來他是對趙成光不大瞧在眼裏的，父親玉長河一向是偏向自己兒子的，所以他並不擔心。

玉長河雖然喜歡公平做事，但骨子裏卻是一個很傳統的人，最講的就是血源關係。什麼叫血源關係?就是他玉家的血統，玉家的直系親屬，趙成光雖然是他的女婿，但他的後代可是姓趙，而不是姓玉的，讓他勢大，就是把財產塞進他趙家的手裏了，所以玉長河無形中控制著他的勢力，給他管理的也是玉家比較不看重的產業。

福貴這些人自然知道玉家兩兄弟和趙成光的明爭暗鬥，而玉祥剛剛給他打電話，讓他把胡雲帶到他管理的皇宮夜總會去，肯定也是想把胡雲拉到他手中。

胡雲只是對捕魚有驚人的能力，對玉祥來說，並沒有太大的用處，但玉祥從他老子玉長河那兒隱隱探聽到他對胡雲的重視，雖然不知道詳細情況，但絕對是有不對勁的地方。對玉祥來說，只要是對大哥玉瑞和姐夫趙成光有利的事，他都是能破壞就破壞，所以讓福貴把胡雲帶過去，他好觀察一下，能挖走就挖走，不能挖走，就找機會剷除掉。

福貴臉色一下子沉了下來，把手機揣回口袋裏，嘀咕了一陣，還是攔了輛計程車，對司機說了聲：「皇宮夜總會。」

周宣坐在車上，見福貴陰陰沉沉的臉色，淡淡道：

「福貴哥，什麼事不開心了？」

福貴搖搖頭道：「沒什麼，玉二公子要請你去夜總會玩，那就去吧，反正是不花錢的美事。咱們就狠狠地吃，狠狠地玩，狠狠地多叫幾個妞。」

福貴心裏著實有些惱火，不過他絕對不可能跟玉祥鬥，只能忍住了。

說實話，玉祥、玉瑞還有趙成光，哪個都與他無關，他們怎麼鬥都不關他事，但胡雲剛剛來他們船上，如果玉祥要動心思把他挖走，到餐廳或者夜總會中幹什麼事，對自己可沒半點好處。

如果離開了胡雲，福貴可以肯定，自己又會跟以前一樣，不死不活的，一個月賺幾千算不錯了，像這一次就賺到幾萬的事，恐怕是再不可能了。說到底，都是這個玉二公子玉祥起了壞心眼。

以前也有過這樣的事，趙成光或者玉瑞手裏一有了比較能幹的人才，這個玉祥就會用各種手段挖走，只要是能破壞到玉瑞和趙成光的事，他都幹。當然，玉瑞和趙成光也同樣會幹這樣的事。不過玉瑞還好些。

在玉家，玉瑞的分量在三人中算是最重的，玉祥不敢輕易跟他大哥明鬥，對趙成光就不同了，兩兄弟都明著欺壓他，老頭子玉長河見到了，也是睜隻眼閉隻眼的，這就更助長了玉家兄弟的氣焰。

福貴以前也見過這樣的事，所以現在才十分惱火，要是玉祥把胡雲挖走，可就斷絕了他跟船上人的財路。

周宣不知道福貴腦子裏想的是什麼，不過，那玉二公子顯然不是什麼好貨色，請他有什麼好玩的？

玉家雖然在福貴這些人看來是財雄勢大，但不論財產或者是勢力，在周宣眼裏都不算什麼。論財力，他們遠不如他自己，論勢力，他們與魏海洪家和李爲家相較，更是連屁都算不上。

現在看來，本以爲自己到了船上，得到了一份想要的工作，能平淡低調地過隱於市的日子，沒想到又落入了玉家爭權奪利的漩渦中，這可不是他想要的。

玉家那個老傢伙玉長河，從他的語氣和安排上來看，就是個陰險深沉的老狐狸，他這個二兒子玉祥的語氣，似乎就跟他老子一樣的貨色。

第五十五章

皇宮夜總會

皇宮夜總會。

海濱市最大的夜市娛樂業，

豪華和奢侈程度不是一般人能想像的。

在這裏，最低消費是普通人一個月的薪水。

這是普通薪水階級望塵莫及的事，因為這裡就是一個銷金窟。

皇宮夜總會。

海濱市最大的夜市娛樂業，豪華和奢侈程度的確不是一般人能想像的。在這裏，最低消費是普通人一個月的薪水。平常一晚在這消費幾萬的大有人在，客人單個最高消費紀錄是一晚四十九萬。

這是普通薪水階級望塵莫及的事，因為這裡就是一個銷金窟。通常開夜店生意的，與當地的官場關係都是相當緊密的。做這些生意必需要黑白兩道都吃得開才行，否則，三天兩頭給你來一陣騷擾，客人還敢來嗎？

福貴和周宣兩個人到了後，妝化得極濃的領班小姐立刻躬身道：「歡迎光臨皇宮，要開房還是到大廳？」

福貴擺擺手道：「是你們玉總要我們過來的。」

「哦……」那女子恍然大悟，然後趕緊站出來說道：「二位請跟我來。」那領班小姐扭著水蛇腰，高跟鞋在地板上踩得「登登」直響，一條白花花的大腿在叉口開得極高的旗袍下晃來晃去，福貴看得兩眼都直了。

領班小姐帶著他們倆到了大廳。偌大的大廳中，中間大圓臺上有現場的樂隊奏樂，一個穿得花裏胡哨的男歌手正在聲嘶力竭地唱著，別看唱得挺高興，但周宣聽得出來，好多地方都唱走調了。

大廳裏到處都是黑壓壓的人頭，燈光閃爍，酒味撲鼻，給周宣的感覺是又嘈雜又亂。在搖滾的燈光下，到處都是女人的胸脯和大腿，以及各種曖昧動作。周宣皺著眉頭，與福貴跟在領班小姐的身後，在巷道中穿過。

領班小姐一邊走，一邊跟一些客人笑嘻嘻地打招呼，有幾個客人伸手在她屁股上一拍，揩油加打情罵俏。領班小姐一邊笑罵著「死人」，一邊仍往前走。

在表演臺前的一張臺子邊，領班小姐停了下來，然後對那張臺子邊坐著的一個中年男子彎腰說道：

「玉總，您的客人到了。」

玉祥正跟幾個女子調戲著，見到領班小姐跟他彙報，當即抬頭望了這邊一眼，看到福貴與周宣，笑呵呵地招手道：

「福貴啊，來來來，跟你的朋友坐過來。」

福貴已經被眼前的性感美女弄昏了頭，傻傻地坐了下來，周宣則在一邊坐下來，靜坐無語。

玉祥向另一個服務生招手道：「給我一打冰啤酒。」

說完又瞧了瞧周宣，問道：「福貴，這位是……？」

還挺裝模作樣的，周宣心如明鏡。

福貴這才把視線費力地從面前那幾條暴露的大腿上挪開，瞧向玉祥，張了張口，卻又忘記了剛才玉祥問他什麼，呆了一下才又問道：

「祥哥，你剛剛說什麼了？」

玉祥嘿嘿一笑，臉上輕視的表情躍然而出，笑了笑，然後道：

「我在問這位是誰，不給我介紹一下嗎？」

福貴才恍然大悟，「哦」了一聲趕緊回答道：

「這位是胡雲，小胡，是新到我們船上的工人。」

玉祥呵呵一笑，然後向周宣伸出手，說道：

「玉祥，玉家的老二，小胡，很高興認識你。」

周宣伸手跟他握了握，然後縮回手，淡淡道：「你好。」

語氣不冷不熱的，周宣的表情讓玉祥愣了愣，以爲周宣沒有聽懂他的話，不知道他說的玉家老二是什麼意思，當即又說道：

「你工作的那條船，也是我們玉家的產業，當然，那只是我們玉家極小極小的一部分。你現在看到的這間夜總會，也是我們玉家的產業。知道嗎，我這間夜總會，每月利潤過千萬，年利潤超過兩億，而這樣的娛樂場所，我管理著三家，還有幾間大型的餐飲業。」

周宣卻仍是連表情都沒有，不聲不響地坐著。

玉祥呆了呆，這一次可是把根底都倒了出來。按照以前的經驗來看，周宣應該馬上露出豔羨並拍他馬屁的表情和行動來，可他卻失望了。難道這個胡雲還是沒聽懂？或者是大廳太吵了，他沒聽清楚？

周宣當然聽得清楚，就算別人聽不清楚，也絲毫瞞不過他的耳朵。不過，他就是不想理這個人，明顯是個紈褲子弟，靠著老子的家產耀武揚威，這傢伙連李為都不如，李為雖也倚仗他老子爺爺的底子，卻不會說這樣的話。

玉祥愣了愣，倒是冷靜了一下，看來眼前這個年輕人並不像他想像的那樣好糊弄，得換個方法，於是呵呵笑了笑，說道：

「阿欣，阿紫，過來。」

過來的兩個女子身材高挑，眼睛在燈光下一閃一閃的，玉祥指著周宣和福貴二人道：「阿欣阿紫，這兩位是我的朋友，好好招呼招呼。」

阿欣和阿紫兩個女子當即對周宣和福貴兩人甜甜地說道：「兩位老闆好。」說著就各自依偎了一個，挨了近來。

福貴給阿紫一雙手摟在了腰間，渾身都酥麻了，連話都說不出來，結結巴巴說了幾個字，不清不楚的，然後就只是笑。

周宣把阿欣輕輕一推，阿欣身子一軟，躲開了他的手，又沾了上去。對於老闆交代的事，她們可沒有辦不成的，尤其是對付男人。

周宣嘿嘿一聲，冰氣異能在阿欣腳上一過，阿欣腳一軟，「啊喲」一聲栽倒在地。周宣伸手把她扶了起來，扔到沙發上，讓她挨著玉祥躺著，然後淡淡道：

「小姐，有什麼事嗎？」

阿欣摸著腳，莫名其妙地道：「見鬼了，腳又不痛不癢的，怎麼就站不起來了呢？」

這時，臺上樂聲停了下來，主持人上前說道：

「下面有請最熱最火辣的美女蛇舞隊。」

主持人的聲音剛落，震天的歡呼聲和樂器聲同時響了起來。周宣嚇了一跳，轉眼瞧著臺上。

他們這張臺子的位置是最好的地方，又近又看得清楚，大圓臺的中間，地板突然裂開，從舞臺的下面緩緩升起一個平臺，平臺上站著六個身材極爲火辣的女子，舞臺燈光照射到她們身上，一個個臉上露著甜甜笑容。

接著，人聲靜下來，節奏感極強的樂隊聲音又響了起來，六個女孩子隨著樂聲跳起舞來，當真如她們名稱一樣：「美女蛇舞隊」。

在六個女孩子的翩翩起舞中，臺下面的喧鬧聲又響了起來。周宣聽得很清楚，很多人在叫著：「脫，脫，脫！」

周宣還沒聽懂，接下來，臺上六個女孩子的動作，馬上讓他明白了什麼意思。那六個女孩子忽然在轉身的舞步中把外面的紗衣脫掉，露出裏面的緊身衣來，雪白的肚皮分外晃眼。

在樂聲和臺下喧鬧的吵鬧聲中，那六個女孩子轉動著身子，一彎腰，又各自把長裙脫掉，露出超短裙來。福貴眼都直了，渾然想不到此行來的原意是什麼，眼中已被臺上的脫衣女子吸引住了。

周宣終於明白這裏跳的是什麼舞了，不過不知道她們會脫到什麼程度。

玉祥微微笑著，一邊怡然自得地瞧著臺上的表演，一邊又瞄著周宣和福貴兩個人，福貴早傻了，只是周宣雖然瞧著臺上，卻沒有半分激動和興奮，這讓玉祥感到有些奇怪了。

沒幾分鐘，那六個女孩子便脫得只剩下胸口兩塊剛好夠遮著的寸布以及大腿那點遮羞布，全身就都是明晃晃白花花的嫩肉。

臺下幾乎是轟動如潮了，無數人只是喊著：「脫……脫，再脫……」

在喧鬧聲中，那六個女孩子一轉身，露著光背，再轉過身來，一隻手橫著蒙在胸脯上，另一隻手提著那只有一丁點布的胸罩在空中舞動，然後一用力扔到了臺下的人群中。這一下，立即引起了更大的尖叫和口哨聲。

這間皇宮夜總會的大廳裏，門票是兩百塊錢，用來吸引客人的就是美女，以及一些二三流的歌星，還有一些過氣的歌星會來駐臺。這些明星在影視圈雖然過氣了，但在夜總會中與普通人面對面近距離接觸，還是能吸引不少的客人。

要說玉祥的手段確實不少，把娛樂場所和餐飲都做得有聲有色。不過，這也只是帳面的顯示，玉長河對於桌面下的做法卻並不過於深究。當然，這主要是因爲他們玉家在海濱財雄勢大，別人奈何他們不得。

舞臺上的六個女孩跳完了金蛇舞以後，燈光一暗，舞臺下落，待燈光再亮起時，六個女子已經消失不見了。

只是女孩子雖然不見了，但臺下客人們的激情卻已經給惹發了，叫嚷著喧鬧著。

這時，主持人又回到臺上，在燈光下拿著麥克風大聲地說道：

「呵呵呵，大家的興致都起來了是不是？在這個熱情似火的夜晚，我再給大家一個驚喜，有請著名歌手劉風鈴小姐！」

劉風鈴的名字，周宣是聽說過的，不過那是幾年前了，劉風鈴憑藉一首網路熱歌火紅了一陣，後來後繼無力，沒有什麼新歌，儘是翻唱老歌，也就漸漸在觀眾視野中消失，沒想到會在這兒出現。

眾人的眼光都盯著舞臺上，以爲劉風鈴又要從舞臺下的機關中升起來，沒想到燈光上揚，射到了頭頂上的空中。

眾人跟著光柱瞧上去，只見在頭頂上的半空中，一個穿著紅衣、一頭波浪捲髮的女子，坐在一個鞦韆上，緩緩從空中落下。

周宣眼力比別人要好得多，而且又坐在最前面，那女子落下地後，盈盈站了起來，走到主持人的身邊。瞧那巧笑嫣然的面孔，正是劉風鈴。

劉風鈴年紀並不大，只有二十七八歲，相貌不是特別漂亮，但化過妝後還挺耐看。在臺上，在主持人身邊，劉風鈴盈盈一彎腰，柔聲道：

「大家好，我是風鈴。」

這一下甜嗲的問候，讓臺下的數千客人都暈頭轉向，馬上有人叫道：

「點……點……」

那主持人趁機道：「好好好，現在輪到了我們的點歌時間，大家請安靜，我先講一下規則，風鈴小姐的點歌費爲五千，五千元一首歌。」

「別囉嗦了，我出八千，八千一首歌，風鈴小姐給我唱，先來一首《愛你一萬年》！」

主持人本來說的是五千一首，但這位客人想出風頭，又想擺闊，隨口就加了三千點這首歌。主持人笑咪咪地揚手打了一個響指，說道：

「好，我就依這位客人的吩咐，不囉嗦，聽風鈴小姐的歌聲吧！」

劉風鈴正要開始唱歌，臺下忽然又有一個聲音說道：

「風鈴小姐，我出一萬！」

眾人都是一怔，聽到這個聲音的人都瞧這個方向看去，包括主持人和劉風鈴都呆了呆。說這個話的不是別人，而是皇宮夜總會的總經理玉祥。

那個客人剛還有些惱火，已經定下來的事又忽然被另一個人打翻，幾千塊錢對他們來說是極小的事，但卻丟不起這個面子。

不過一瞧，這個人竟然是皇宮夜總會的老闆玉祥，心裏的惱怒當即就消失了，別的人他會不服氣，但玉祥他可不敢惹，玉家在濱海，暗中的勢力可不是他能想像的。

主持人呆了呆，馬上省悟過來，呵呵笑道：「哦，我們的玉總經理親自爲大家點風鈴小姐的歌，大家歡迎啊。」

劉風鈴也甜甜地說道：「玉總，您想要我唱什麼歌？」

玉祥笑笑擺擺手，說道：「今晚我有一位重要的客人，他就是我的朋友，胡雲！」說完，他用手指著坐在對面的周宣。

周宣怔了怔，不知道玉祥搞什麼鬼。眼見臺上的主持人、劉風鈴以及臺下無數人的眼光都落到了自己身上，周宣頓時狼狽起來。

玉祥又笑笑道：「風鈴小姐，我不是要點歌，是我這位朋友，胡雲先生，要與風鈴小姐合唱一曲！」

周宣又呆了呆，玉祥這下可大大出乎了他的意料之外，真搞不清他是什麼意圖！

劉風鈴知道，玉祥肯定是要捧這個叫胡雲的人。以她的經驗，凡是有錢有勢的人要在眾人面前拉攏示好誰，那定然是捧這個人，其重要性就可想而知了。

劉風鈴當即走到臺邊，輕盈地從舞臺的臺階上走了下來，來到周宣身邊，伸出纖纖玉手，甜甜地道：

「胡先生，風鈴可以請你合唱一首《無言的結局》嗎？」

周宣瞧著眾人嫉妒的眼神，心裏一橫，奶奶的，不論玉祥是什麼居心，先過了這一關再說。

那些人顯然是忌憚玉祥，所以沒再喧嘩，若不是因爲他，劉風鈴充其量只是一個過氣的戲子而已。在有錢人的眼中，她們只是一個拿來利用的工具罷了。

「那我就跟風鈴小姐合唱這首歌吧，若唱得不好，大家不要扔雞蛋啊。」

周宣說著，伸手牽住了劉風鈴的小手，緩緩走上臺去。

看著周宣的動作表情，福貴愣了，這哪裡像是他認識的那個胡雲啊？

而玉祥也是瞇著眼尋思著，這個胡雲可不像是個打魚的，一個打魚的能懂得這麼多？等一下再看看他如何跟劉風鈴合唱吧。劉風鈴是專業歌手，雖然過氣了，但唱功卻是很有實力的。

周宣牽著劉風鈴的手，到舞臺中間後，再彎腰行了一禮，這時候，音樂緩緩響了起來，正是李茂山、林淑蓉合唱的那首《無言的結局》。

當前奏的音樂過後，劉風鈴柔柔的聲音唱起：

「曾經對你說過，這是個無言的結局，隨著那歲月淡淡而去……我將會離開你，臉上不會有淚滴……」

劉風鈴的聲音很溫柔，唱得跟林淑蓉的聲調一樣，韻味卻不同，唱得確實不錯，只是，如果拿她跟林淑蓉的原唱相比，還是唱得差了些。

不是劉風鈴功底不行，是唱風有所不同，不適合唱這種類型的歌，如果換一首歌，可能就會好得多了。

就在劉風鈴一段終了的時候，周宣的聲音響起。

「但我要如何，如何能停止再次想你，我怎麼能夠，怎麼能夠埋葬一切回憶，啊，讓我再看看你，讓我再說愛你，別將你背影離去。……」

周宣一唱出來，頓時把所有人都嚇了一跳。因為周宣的聲音和韻調竟然跟原唱一模一樣，沒有半分區別，在臺上的劉風鈴甚至都覺得是不是放了音樂帶，不知這玉祥的客人到底是誰。

不光是劉風鈴懷疑，所有聽到周宣歌聲的人都是這樣想的，就連玉祥自己也是一樣。在舞臺的樂隊也很奇怪，他們聽到的就是原唱的聲音，可這裏放的不是唱片，而是他們現場親手伴奏的啊。

因爲聲音太像原唱李茂山，在這種場合混的人，耳朵都特別敏感，不管是唱腔，或者是配樂，哪怕有一丁點錯誤的地方，他們都聽得出。周宣唱的男聲，無論是歌詞唱腔，都與原唱沒有半分區別。

直到周宣把男聲的一段唱完，眾人已經是如癡如醉，自己唱不好那是一回事，但聽不聽得出好壞，卻又是另外一回事了。而周宣這一唱，沒有人能聽得出來有什麼不同，就算是最專業的音樂製作人，也不可能聽出有什麼不同。

因此，幾乎所有人都懷疑周宣是假唱。

當第二段開始時，劉風鈴拿著麥克風又唱了起來，在唱的時候，她心裏也在懷疑著周宣是不是真唱。

對她這樣的職業歌手來說，真唱與假唱，她是很有經驗的，剛剛在周宣身邊靠得近了些，瞧著口形聽著聲音，以這些來看，又不像是在假唱。不過，聽周宣的聲音，又絕對是在假唱，模仿一個人的聲音，也不可能像到這個樣子。

這時候，劉風鈴，主持人，臺下的觀眾統統都在懷疑，就是在臺上伴奏的樂隊，也都懷疑起來，難道真的在放伴唱帶假唱？

伴奏樂隊在輪到周宣接唱的時候，乾脆相互對視了一下，做了個表情，然後忽然把伴奏的樂聲停了下來。

頓時，大廳中就只剩下周宣一個人在大聲唱著後半段，那聲音，那腔調，絕對就是李茂山親臨現場在歌唱，而且，這時候沒有伴奏，只有周宣在清唱的聲音。

就這麼一下，所有的人都明白，這確實是周宣在唱歌，也確實把李茂山模仿到了極致，就算是李茂山自己到了現場，也不一定會唱得更好。

通常，很多歌星在錄音室中錄音與現場演唱是兩個樣，錄音室中可以反覆練唱，挑出那句最好的才錄，現場演唱就沒那個可能了，所以很多歌星一到現場就會出現走音變調等等現象。

早期，歌手只要出現走音現象，觀眾就會起鬨，不過現在好得多了，粉絲就是粉絲，唱得好或唱得不好都無所謂，只要是偶像唱的就喜歡。所以，現在的觀眾們倒是不怕走音，只是不喜歡假唱。

雖然沒有音樂伴奏，周宣還是把歌唱完了。直到最後一句唱完後，所有人都靜了下來。

幾秒鐘後，忽然就是鋪天蓋地的掌聲，之前懷疑的那些觀眾，現在都在大叫著：

「再來一個！」

「再來一首，我給五千，再來一首歌！」

……

周宣剛想推脫下臺，劉風鈴卻笑吟吟地伸手拉住了他，對著臺下的觀眾說道：

「大家安靜，大家安靜，我也想再跟這位胡先生再合唱一曲，唱什麼呢？『美麗的神話』好不好？」

說完，她側頭盯著周宣，柔聲問道：

「胡先生，很期待與你再合唱一首，可以嗎？」

劉風鈴的眼神中充滿了期待，臺下福貴他們則揚著拳頭邊揮舞邊叫嚷：「兄弟，來一個，再一個！」

「那好，我就跟劉小姐再合唱這首歌吧！」

周宣微微點頭，看福貴很有興致的樣子，想讓他再高興一下。

這傢伙似乎是有意在他摟著的阿紫面前炫耀，自己又豈能不遂了他的意？以後還得跟他一起在船上過海上生活呢，關係還是拉好些。況且這對自己來說，只不過是舉手之勞而已，又不用掏錢出人的。

臺上的樂隊伴奏聲緩緩響起，其中還有一支薩克斯的獨奏，尤其動聽，效果很不錯，觀眾也很買賬。

這首歌的前半段是男聲先起，周宣以孫楠的聲音唱了出來，只第一句唱出來後，臺下便是轟然大作的掌聲。

因爲周宣把孫楠的聲音模仿得極像，就如剛才模仿李茂山的聲音一樣，臺下的人除了吃驚外，就沒有別的意思了。

按照剛開始的想法，大家又不禁認爲周宣是在假唱了。爲了證明這個猜想是正確的，伴奏樂隊在伴了幾句後，就停下了伴奏。而周宣卻絲毫不受影響的清唱著，把男聲的歌詞唱完，然後就是劉風鈴的女聲唱了起來。

她唱的與原唱韓紅自然毫不相同，也能明顯聽出來，這時觀眾們已經忽略了劉風鈴，只在等周宣接下來的開腔。因爲周宣這一次挑戰的是難度極大的男高音。

周宣把前半段唱完後，然後瞧了瞧劉風鈴，卻見劉風鈴傻傻地盯著他，根本就沒有往下接唱的意思。

當然不是她不唱，而是她太驚訝了，以至於忘了唱。

臺下的觀眾們也都吃驚不已，這讓他們非常興奮，一個人能唱兩個出名歌手的聲音，而且像到了這個樣子，哪能讓他們不興奮？

劉風鈴發怔著，忘了接唱，周宣呆了一下，隨口用韓紅的女聲唱了出來，把後面的歌詞也接了起來。這一下，大廳裏過千的男男女女都站立起來，掌聲震天。

周宣能唱李茂山和孫楠的聲音，已經是個奇蹟了，現在竟然還用韓紅的聲音唱起了女聲，這太讓觀眾簡直不敢相信了。

男子以女聲唱歌的有不少，但能唱得成功的，可是寥寥無幾。剛剛主持人介紹了，說這個人的名字叫胡雲，名不經傳的一個人，怎麼有這麼大的本事？

臺邊的福貴神情十分激動，把已經坐到他腿上的阿紫的胸脯捏得生疼，嘴裏還叫著：

「看看我的朋友，男女都能唱，有他到場，你根本就不用去看哪個天王天后的演唱會了，嘿嘿，票價還不用那麼貴呢！」

說著，福貴似乎忽然想到了一個問題，低頭對阿紫低聲道：

「怎麼樣？他可是我的鐵哥們，你想不想跟他唱歌？想的話，我們開個包廂，讓他陪你唱個夠！」

在夜總會混的女孩子，有哪個不會唱歌？只是功底的深淺不同而已，其中有些還能及得上專業歌手，只是沒機會成名而已。

福貴說著，更是興奮地向周宣拼命揮著手，想讓別的人也看到，他跟周宣是認識的。

這時候，全大廳的人沒有一個人再去注意站在周宣身旁的劉風鈴了，全部人的眼光都落在了周宣身上。

周宣見福貴興奮的表情，微微一笑，一邊唱一邊向他揮手示意。這一下可把福貴搞得快昏倒了，站起身來猛向他丟飛吻，又吹起口哨來。

周宣心裏也很興奮，在後面的歌詞中，當即又用劉德華、陳慧琳、張學友、王菲、成龍、那英等六個人的聲音唱了出來，一句歌詞換一個人，直到結尾。

等到最後一句歌詞唱完後，伴奏曲聲漸漸隱去，大廳中頓時叫聲掌聲如潮，人眾沸騰。

周宣的這一手太絕了，再沒有人懷疑他是在假唱，因爲這首歌，絕對沒有這些歌星共同唱過，而且後面的這些歌手演唱風格各自不同，現在用他們的聲音唱同一首歌，那種情景已經能讓人瘋狂了。

原來，這個胡雲竟然有如此的本事。難怪讓他住在自己家裏。只是玉祥想不通的是，老頭子怎麼會知道他是個唱歌的？再說，如果知道胡雲是個模仿秀高手，那怎麼又讓他到船上打魚？

請續看《淘寶黃金手II》卷四　百年神秘

淘寶黃金手II 卷三 情海巨濤

作者：羅曉
出版者：風雲時代出版股份有限公司
出版所：風雲時代出版股份有限公司
地址：105台北市民生東路五段178號7樓之3
風雲書網：http://www.eastbooks.com.tw
官方部落格：http://eastbooks.pixnet.net/blog
Facebook：http://www.facebook.com/h7560949
信箱：h7560949@ms15.hinet.net
郵撥帳號：12043291
服務專線：(02)27560949
傳真專線：(02)27653799
執行主編：朱墨菲
美術編輯：許惠芳

法律顧問：永然法律事務所 李永然律師
北辰著作權事務所 蕭雄淋律師

版權授權：蔡雷平
初版日期：2013年9月
初版二刷：2013年9月20日
ISBN ：978-986-146-992-8

總 經 銷：成信文化事業股份有限公司
地　　址：新北市新店區中正路四維巷二弄2號4樓
電　　話：(02)2219-2080

行政院新聞局局版台業字第3595號 營利事業統一編號22759935

定價：280元　特價：199 元

國家圖書館出版品預行編目資料

淘寶黃金手II ／ 羅曉著. -- 初版-- 臺北市：風雲時代，
2013.07 -- 冊；公分

ISBN 978-986-146-992-8（第3冊；平裝）

857.7　　102010303